KB062832

웨하스 의자

ウエハースの椅子

Uehâsu no Isu
Copyright ⓒ 2001 by Kaori Ekuni
First published in Japan in 2001 by Kadokawa Haruki Corporation, Tokyo
Korean translation rights arranged with Kaori Ekuni
through Japan Foreign-Rights Centre/Shinwon Agency Co.

웨하스 의자

펴 낸 날 | 2004년 12월 15일 초판 1쇄
            2021년 11월 10일 개정판 1쇄

지 은 이 | 에쿠니 가오리
옮 긴 이 | 김난주
펴 낸 이 | 이태권

책임편집 | 안여진
책임미술 | 양보은
펴 낸 곳 | 소담출판사
            서울특별시 성북구 성북로5길 12 소담빌딩 301호 (우)02880
            전화 | 02-745-8566   팩스 | 02-747-3238
            등록번호 | 1979년 11월 14일 제2-42호
            e-mail | sodambooks@naver.com
            홈페이지 | www.dreamsodam.co.kr

ISBN   979-11-6027-269-7 03830

• 책값은 뒤표지에 있습니다.
• 잘못된 책은 구입하신 곳에서 교환해드립니다.

웨
하
스
의
자

에쿠니가오리 지음
김난주 옮김

소담출판사

차례

웨하스 의자

우리는 모두,

신의 철모르는

갓난아기다.

웨하스

의자

1

옛날에, 나는 어린아이였고, 어린아이들이 모두 그렇듯 절망에 빠져 있었다. 절망은 영원한 상태로, 그저 거기에 있었다. 애당초, 처음부터.

그래서 지금도 우리는 친하다.

오, 반가워.

절망은 때로 옛 친구를 찾듯 나를 만나러 온다. 잘 지냈어?

우선, 그 개.

그 무렵 우리 집에서는 래브라도 종 줄리앙을 키우고 있었지만, 내가 말하려는 개는 줄리앙이 아니다.

금방이라도 비가 쏟아질 듯 구름이 잔뜩 낀, 싸늘한 날이었다. 어두컴컴한 복도와 높은 천장, 소독약 냄새. 엄마는 조그만 바퀴 달린 침대에 누워, 조용히 실려 나왔다. 아무튼 어두웠다고 기억하는 것은, 눅눅한 바깥 공기 때문일 수도 있고, 내가 병원이라는 장소에 주눅 들었던 탓이었는지도 모른다. 외관은 고풍스러운데, 실내는 모던하고 청결한 병원이었다. 하지만 사람의 기척이 없어 썰렁하고, 조용하고 낯설었다. 복도에는 매끈매끈한 검정 긴 의자가 놓여 있고, 반들반들한 바닥은 검정과 하양 바둑무늬, 벽에는 금색 예수상이 걸려 있었다.

실려 나온 엄마는 나를 보자 미소 지으며 시트 밖으로 한 손을 내밀고 흔들었다. 나는 입술 끝을 살짝 끌어 올리고, 간신히 미소로 답했다. 그 다음은 그저 묵묵히 서서 병실로 돌아가는 엄마를 바라보았다.

아빠는 내 옆에 서서 그 길고 멋진 손을 내 등에 대고 있었을 텐데, 내 기억 속 이 장면에는 아빠가 등장하지 않는다. 써늘하고 어두컴컴한 복도에 엄마와 나뿐이다.

유리창 너머로 갓난아기를 보았다.

"저기, 우리 꼬꼬맹이."

아빠가 그렇게 말하고 유리창을 톡톡 두드렸다. 갓난아기는 새근새근 자고 있었다.

　그리고 나와 아빠는 밖으로 나갔다. 엄마가 좋아하는 걸 사기 위해서다. 저녁때였다. 병원 앞에 서 있는 차의 뒷자리에 개가 타고 있었다. 짙은 갈색, 귀가 축 늘어지고 얼굴이 긴 개다. 차에 사람은 없었다. 개는 반쯤 열린 차창 밖으로 얼굴을 내밀고 있었다. 나와 개의 눈이 마주쳤다. 파란 빛이 감도는 검은 눈이었다. 얌전해 보이는 개였다. 또는 지친 느낌의.

　아빠가 내 이름을 불렀다. 내가 걸음을 멈추고 있었기 때문이다. 나는 뛰어가 아빠 손을 잡았다.

　그때 나와 그 개는 서로 닮은 동족이었다.

　근처에 있는 잡화점에서 '엄마가 좋아하는 것'을 바로 찾았다. 버터코코넛이라는 비스킷이다. 아빠는 사과와 요구르트도 샀다.

　우리는 병원으로 돌아갔다. 도로를 건널 때, 아빠는 앞을 향한 채 거의 자동적으로 내 손을 꼭 잡았다. 늘 그렇다. 아빠는 교통사고를 몹시 두려워했다. 횡단보도가 없는 도로는 건너고 싶어 하지 않았다. 커다란 오토바이를 타는 인간이나 고속도로에서 100킬로미터 이상 속도를 내는 인간은 다들 머리가 이상하다고 생각했다. 차는 미치광이나 운전하는 거라고 생각해라, 하고 말했다. 그래서 나는 그렇게 생각하게 되었다. 하지만 그건 아주 훗

날의 일이다.

　병원으로 돌아가는 길, 개를 태운 차는 이미 없었다.

　엄마는 우리가 사 온 것들을 반가워했다. 침대 옆에 조그맣고 하얀 테이블이 있고, 거기에 시계와 주전자와 액자가 놓여 있었다. 액자에는 나와 아빠 사진이 들어 있었다. 주전자에는 얼음물.

"꼬꼬맹이, 봤어?"

　내 얼굴을 보자, 엄마가 물었다. 하얀 잠옷을 입은 모습, 볼이 발그레했다. 나는 말없이 고개만 끄덕거렸다.

　꼬꼬맹이는, 그 몇 달 전부터 엄마 뱃속에 있던 아기의 별명이다. 엄마와 아빠는 나를 '꼬맹이'라고 불렀다. 그래서 더 꼬맹이인 갓난아기는 '꼬꼬맹이'가 된 것이다. 꼬꼬맹이는 여자아이였다.

　흑백의 고요한 병원, 낮게 구름 낀 하늘, 뒷자리에 타고 있던 개, 1969년 4월.

　왜일까. 나는 그 개의 얼굴을 지금도 똑똑히 기억하고 있다. 그리고 불쑥불쑥 떠올리기도 한다. 예를 들면 섹스를 한 후, 잠든 남자 옆에서 인형처럼 가만히 앉아 멍하니 앞을 보고 있을 때. 그 써늘했던 저녁, 그 개의 어쩔 줄 모르는 듯 난감해 하는 얼굴을. 여섯 살짜리 나와 닮은 동족이었던, 얌전해 보이는, 또는 지친 느낌의, 차창 밖으로 쑥 내민 갈색 얼굴을.

나는 말이 없는 아이였는데, 그건 나 자신을 홍차 잔에 곁들인 각설탕인 것처럼 느꼈기 때문이다. 쓰일 일 없는 각설탕처럼.

어른들 옆에 있을 때만 그렇게 느꼈지만, 나는 하루의 대부분을 어른 옆에서 지냈고, 아이— 한 동네 사는 '친구'들— 와 함께 있는 것보다 어른과 함께인 편을 좋아했다. 아마도 홍차 잔에 곁들인 각설탕으로 지내는 편이 성격에 맞았던 것이리라. 쓸모없는, 하지만 누구나 거기에 있기를 바라는 각설탕인 편이.

'친구' 중에 그녀가 있었다. 길게 땋아 내린 머리에 언제나 예쁜 리본을 달고 있었다.

그녀는 나비를 무서워했다. 인분이 묻는 게 싫다고 했다. 나는 아무렇지 않았다. 나는 나비를 잘 잡았다. 살금살금 다가가, 여기다 싶은 곳을 정하고는 잠시 꼼짝 않는다. 숨죽이고, 나비를 빤히 쳐다본다. 그리고 천천히 손을 내민다. 나비를 뚫어지게 쳐다보면서 조금씩 다가가, 아슬아슬한 지점에서 손을 멈춘다. 엄지손가락과 집게손가락을 벌린 형태로. 그리고,

재빨리.

사실, 재빠름보다는 정확함이 필요하다.

잡은 나비는 바로 놓아주었다. 그리고 또 다른 나비를 잡는다. 그리고 또 다른 나비를. 나비를 잡을 때는 거의 무아지경이었다. 나비만 잡으면서도 한없이 시간을 보낼 수 있었다.

부전나비는 얼마든지 있었다. 배추흰나비도. 노랑나비는 많지 않았다. 호랑나비는 잘 없었다.

나와 그녀는 그녀 집에서 공주 놀이를 하며 놀았다. 그녀 엄마의 옷을 입고, 목걸이를 팔에 치렁치렁 감고, 하이힐을 신었다.

공주 놀이를 할 때, 그녀 이름은 언제나 엘리자베스였다.

"난 엘리자베스."

늘 서둘러 그렇게 말했다. 마치 그러지 않으면 내가 그 이름을 가로채기라도 하는 것처럼. 하지만 나는 엘리자베스라는 이름에는 관심이 없었다. 조금도 예쁜 이름이라고 생각지 않았다.

"나는, 마리우스."

대신 나는 그렇게 말했다. 또는 '조르주', 또는 '마르셀'이라고. 모두 남자 이름이었지만, 몰랐으니까 신경 쓰지 않았다. 그녀도 그랬다.

우리는 사이가 좋았다.

한번은 그녀가 유행성 이하선염에 걸렸다. 우리는 만나면 안 된다는 주의를 들었다. 그러다 그녀 엄마가 우리 집에 찾아왔다. 그녀가 열이 내리고 기운도 되찾아서 심심해 하니까 보러 오라는 말을 하러 온 것이다. 나는 그녀 집에 갔다. 하지만 아직은 '옮길 염려가 있는 시기'여서, 집 안까지 들어갈 수는 없었다. 나는 현관에 서서, 계단 꼭대기에 앉아 있는 그녀와 얘기했다. 그녀는 잠옷 위에 가운을 걸치고 있었다. 역시 머리는 땋고, 두 손으로 턱을 괴고 있었다.

우리 엄마는 화가였다. 성공한 화가는 아니었지만, 항상 그림을 그렸다. 그래서 엄마 방에서는 언제나 지금 그리는 그림 냄새가 났다. 캔버스 위에서 마른 물감과, 기름 먹은 천 냄새가. 그리고 줄리앙이 있었다. 줄리앙은 자기 깔개가 있었고, 그것은 엄마 방 한구석에 놓여 있었다. 엄마는 줄리앙을 사랑했다.

아빠는 잡지사 기자였다. 집에서 일하는 때도 있었지만, 취재하러 나간 채 며칠이나 돌아오지 않는 일도 있었다.

"아빠는 고등유민이 되고 싶은 거야."

엄마는 그렇게 말했다.

우리 가족은 도쿄 변두리에 살았다. 조그만 단층집이었지만, 마당은 넓었다. 마당에는 온갖 나무가 있었다. 여름밀감, 비파,

무화과, 동백, 철쭉, 수국.

여름날 저녁이면 우리는 종종 마당에서 지냈다. 엄마는 나무에 물을 주고, 아빠는 맥주를 마셨다. 줄리앙이 있었다. 갓난아기도 있었다.

대문에서 현관까지 디딤돌이 죽 놓여 있었다. 내가 그 돌부리에 걸려 넘어져 오른쪽 엄지발톱이 빠졌을 때, 아빠는 빠진 발톱 자리에 알로에를 붙이고 붕대를 감아 주면서 말했다.

"발톱은 또 나. 만약 안 나면, 아빠가 만들어 줄게."

나는 안심했다. 아빠는 손재주가 좋으니까 아주 예쁜 발톱을 만들어 줄 것이라고 생각했다. 내 발에 딱 맞는 특제 발톱을.

그리고, '뽈뽈'.

아빠가 늘 그렇게 친절했던 것은 아니다. 오히려 기분이 좋을 때가 별로 없었다. 기분이 좋지 않을 때, 아빠는 내게 이렇게 말했다.

"넌 왜 그렇게 느리냐."

그리고 또 이렇게.

"좀 뽈뽈하게 굴 수 없니."

그 말을 할 때마다 아빠는 정말 불쾌하고, 정말 내가 못마땅하다는 표정이었다. 나는 '뾸뾸'하고 싶었다.

　몇 번이나 그런 말을 들었다. 좀 더 뾸뾸해야지. 왜 뾸뾸하지 못하니.

　나는 도무지 어쩌면 좋을지 몰라, 잠자코 꾸중을 들었다. 나무 인형처럼. 아니면 손님의 홍차 잔에 곁들인 쓸모없는 각설탕처럼.

2

지금 나는 중년에 접어들었다. 애인은 있지만, 결혼은 하지 않았다.

낡은 아파트의 4층에 혼자 살고 있다. 파란 기와지붕에 하얗게 회칠한 아파트에는 각 집마다 베란다가 있고, 베란다에는 하얗고 동그란 테이블과 의자 세트가 놓여 있다. 모든 집이 다 똑같아 밖에서 보면 참 기묘하겠다고 생각하지만, 그래도 이왕 있는 거니까 나는 베란다에서 아침을 먹는다.

엄마는 요리하는 걸 좋아했지만, 나는 요리를 못한다. 바로 지난주에도 친구가 보내 준 연근을 튀기려는데, 기름이 너무 튀어서 포기했다. 연근은, 다음 날 찾아온 애인이 말끔히 튀겨 주었다.

나의 애인은 가끔 찾아와 자고 간다. 그는 내 목과 왼쪽 가슴이 좋다고 하고, 나는 그의 입술이 거기에 닿는 것을 좋아한다.

이 집에는 내 여동생—과거의 꼬꼬맹이—도 찾아온다. 모두가 온다. 왔다가, 돌아간다.

"언니는, 정말 어린애 같다니까."

동생은 멋대로 그런 말을 한다.

"언니, 참 별나다."

그리고 이런 말도.

"언니, 고독하네."

물론 나는 고독하다. 그날, 병원 앞에서 만난 개만큼이나. 하지만 나는 별나지도 않고, 어린아이는 더욱이 아니다.

아침.

아침을 좋아한다. 커피와 빵을 먹는다. 애인이 있을 때는, 그가 완벽한 반숙을 만들어 주니까 그것도 먹는다. 나는 아침에 가장 식욕이 좋다.

어렸을 때는 아침을 싫어했다. 언제나 아침을 억지로 먹어야 했다. 매일 아침을 먹고 나면 엄마는 내 머리를 빗겨 주었다. 나는 귀밑으로 약간 내려오는 단발머리였다. 엄마는 우선 조그만 유리병의 뚜껑을 열고, 아쿠아마린을 녹인 것처럼 연푸르고 투명한 액체를 손바닥에 몇 방울 떨궜다. 그리고 양 손바닥을 가볍게 마주 비빈 다음, 그 액체를 내 머리 전체에 얇게 고루 발랐다. 액체에서 좋은 냄새가 둥실 풍겼다.

"우리 꼬맹이의 조그만 머리."

엄마는 노래하듯 리드미컬하게 말하면서 머리를 빗겼다. 머리빗 끝으로 가르마를 내고, 가늘어서 엉키기 쉬운 머리칼을 정성스럽게 빗어 내렸다. 머리를 움직이면 혼나니까, 머리를 빗는 내내 목에 힘을 주고 있어야 했다. 나는 눈을 감고, 빗살이 몇 번이나 머리 피부를 긁어내리는 감각을 느꼈다.

"자, 다 됐다."

엄마는 그렇게 말하고, 다시 한번 두 손바닥으로 내 머리를 좍 훑어 내린다.

"아, 매끈매끈하네."

머리칼의 감촉에 만족한 엄마는 뿌듯하게 말한다. 나는 엄마가 그렇게 쓰다듬어 주는 걸 좋아했다. 내 두개골을 쓰다듬는 엄마의 손길.

벽에 숲 그림이 걸려 있었다. 엄마는 매일 아침, 그 그림 아래서 내 머리를 빗겨 주었다. 먹색에 가까운 깊은 초록색 숲 그림.

향기로운 냄새가 나는 머리.

　때로 아파트 마당에 길고양이들이 찾아온다(애인, 여동생, 길고양이, 그리고 연근을 배달해 주는 택배 아저씨. 이곳을 찾아 주는 올스타 캐스트다). 나는 길고양이의 벼룩을 잡아 주면서, 목에 힘을 주고 꼼짝 않고 있어야 하는 입장이 아니라는 걸 알고 자랑스러워진다. 지금 나는 길고양이의 벼룩을 잡아 주는 입장이다.

　한동네에 맛있는 빵집이 있어서, 산책도 할 겸 빵을 사러 나간다. 빵집 점원은 귀염성 있는 여자다. 내가 좋아하는 빵이 늦게 구워지면, 몹시 미안하다는 표정으로 사과한다. 미안해요, 그 빵, 아직 안 나왔어요.

　나는 대답은 괜찮다고 하지만, 실망한다. 한동네여도, 집에 들어갔다가 다시 나올 마음은 없기 때문이다.

　하지만 대개는, 나는 그곳에서 갓 구워 낸 맛있는 빵을 살 수 있다.

　절망과 친한 덕분에, 나의 생활은 평화롭기 그지없다.

　나는 화가지만, 주 수입원은 스카프와 우산을 디자인하는 일이다. 그 일은 내 생활에 안정을 선사해 준다. 생활의 안정이란 중요한 것이다.

우리 애인은 내게 천성이 화가라고 하면서, 화가가 아닌 직업은 전혀 어울리지 않는다고 한다. 그래도 다른 일거리를 생각해야 한다면 담배 가게, 라고 한다. 하루 종일 그저 앉아만 있으면 되니까, 라고.

우리 애인은 무척 자상하다. 무척 자상하고, 내 머리를 쓰다듬어 준다. 하지만 나는 그가 내 머리에서 꼭 3밀리미터 밖을 쓰다듬는 것처럼 느낀다. 내 머리칼에서 꼭 3밀리미터 밖 공기를.

어쩌면 내 몸에서 3밀리미터 바깥에 보이지 않는 막이 있는지도 모르겠다.

그리고.

우리 애인은 차가 없다. 나는 그 점도 마음에 든다. 과거에 내가 사귄 남자들은 모두 차가 있었다. 그들은 나를 그 차에 태우려 했다. 감색 르노와 노란색 혼다, 기묘한 지프와 그로테스크한 오픈카에.

그는 그런 짓은 하지 않는다. 우리는 자유롭다. 그리고 걸어서도 어디든 갈 수 있다.

3

어렸을 때는 가족끼리 종종 외식하러 나갔다. 독일 음식점 케텔, 양식집 시세이도. 아빠와 엄마는 아담하고 조용한 가게를 좋아했다.

외식하러 나갈 때면 나는 외출복을 입어야 했다. 볼레로와 함께 입는 회색 옷이나 깔끔한 하얀색 원피스. 나는 외출복이 싫었다. 외출 때는 반드시 택시를 타게 되는데, 나는 멀미를 하는 체질이라서 그런 옷만 입어도 벌써 속이 울렁거렸다.

택시. 아빠나 엄마나 운전면허가 없었다. 그리고 둘 다, 개인택시 운전사가 운전을 가장 잘 한다고 믿었다. 다른 택시는 타지 않았다. 택시 승차장에 줄을 서서도, 개인택시가 올 때까지 뒷사람에게 순서를 양보했다.

그런데 마침내 아빠가 생각을 바꿨다. 개인택시 운전사는 거드름을 피워 불쾌하다는 결론에 도달한 것이다. 그래서 다른 택시를 타게 되었다. 엄마도 아빠 뜻을 따랐다. 나는 어느 쪽이든 마찬가지였다.

아무튼 우리는 그렇게 외식을 하러 나갔다. 케텔과 시세이도로. 외출복을 입고.

택시는 우울의 상징이었다. 돌아오는 길, 도로가 막히면 더욱 그랬다. 끝없이 줄지은 꼬리등의 빨간빛을, 나는 반항하는 심정으로 노려보았다.

레스토랑에서 내가 좋아하는 것은 버터였다. 파도 무늬가 새겨진 동그란 버터가 은색 그릇에 쌓여 있었다. 차갑고 고소한 맛이 나는 그것을, 나는 버터나이프로 찍어 그냥 먹었다. 몇 개나. 아빠와 엄마는 그런 나를 '미식가'라고 했다. 우리 집에 콜레스테롤에 신경을 쓰는 사람은 없었다.

일식집에 가는 일도 있었다. 초밥집 긴파치, 튀김집 덴이치. 일식집에서 나무젓가락이 나오면 아빠는 그것을 짧게 잘라 주었다. 어린 내 손에 꼭 맞게 삼분의 이 정도 길이로.

젓가락을 자르는 것은 아빠의 역할로 정해져 있었다. 자른 자리가 비죽비죽하면, 아빠는 꼼꼼하게 거스러미를 뜯어내 위험하지 않게 했다.

엄마의 친구 중에 Y화백이 있었다. Y화백은 수염이 희끗희끗하고, 엄마의 표현을 빌리면 '예수님처럼 마른' 초로의 인물이었다. Y화백의 아내도 화가였고, 엄마와 나이가 같았다. 그들에게는 아이가 없었다.

우리 가족은 때로 Y화백 부부와 함께 외출했다. 부부는 즈시에 별장이 있어 여름이면 그곳에 갔고, 어디에 새 식물원이 생겼다고 하면 그곳에 가고, 좋은 프렌치 레스토랑이 생겼다고 하면 그곳에도 갔다.

이런 일이 있었다.

어느 일식집 방에서였다. 어른들은 모두 술을 마시니까 식사하는 데 시간이 오래 걸렸다. 나는 심심해서 아빠 손수건으로 쥐와 백합을 만들며 놀았다. 아빠 손수건은 큼지막해서 재미있었다. 나는 쥐를 만들고, 백합을 만들고, 배를 만들고, 브래지어를 만들었다. 그 브래지어를 가슴에 대었을 때, Y화백이 내 귀에 속삭였다.

"가슴이 그만큼 커지면, 아저씨가 애인 삼아 주지."

나는 귀까지 빨개져서, 못 들은 척했다.

하지만 Y화백은 내 가슴이 그만큼 커지기를 미처 기다리지 못하고 죽었고, 그 후 미망인이 된 부인은 몇 번이나 연애를 해서 엄마를 놀라게 했다.

실제로 그 무렵에는 다양한 사람들이 있었다. 아빠 친구인 T씨 부부, 아빠와 엄마의 마작 친구인 K씨. K씨도 흥미로운 인물이었다. 오래도록 상하이에 살았는데, 처자식을 남겨 둔 채 일본으로 돌아온 것 같았다. 나는 더 자세한 것은 몰랐다. K씨는 감정의 기복이 커서, 취하면 웃기도 잘하고 화도 잘 냈다. 마작을 할 때는 나를 무릎에 앉혀 주었다. 늘 줄무늬 양복 차림이었고, 양복에서는 담배와 향수 냄새가 났다.

T씨 부부는 내가 좋아하는 손님이었다. 둘 다 젊고, 호리호리하게 야위었고, 말끔한 차림이었다. 특히 아내는 아름답고, 갈색 피부와 곱고 늘씬한 팔다리를 비싼 옷으로 감싸고 있었다. 그녀는 인도네시아 사람이었지만 일본말을 유창하게 했다. 놀러 오면 T씨는 항상 피아노를 쳐 주었다. 아내는 행복한 표정으로 그 피아노 소리를 듣곤 했다.

또 만담가 S씨도 있었다. S씨는 언제나 손수 만든 초콜릿 케이크를 들고 나타났다. 초콜릿 케이크에는 계절에 따라 앵두와 밤, 호두 같은 과일이 들어 있었다.

S씨는 두 번 결혼하고, 두 번 이혼했다. 하지만 어떤 상황에서나 늘 똑같았다. 온화하고, 싱글벙글 웃었다. 그리고 직접 구운 초콜릿 케이크를 들고 왔다.

모두, 어디로 가 버렸을까. 복작복작했었는데, 모두 어디론가 가 버리고 말았다. 아빠도 엄마도.

나는 두 번 다시 그들을 만날 수 없다.

4

목욕을 하고, 온몸에 샤워 코롱을 듬뿍 바르고, 허브차를 마시고 있는데 애인이 왔다.

"갑자기 보고 싶어서."

애인은 그렇게 말하고 미소 짓는다. 우리는 현관에서 키스를 나눈다. 그의 입술과 코 사이의 부드러운 피부에 땀이 엷게 배어 있어, 나는 올해도 여름이 왔다는 것을 안다.

애인이 샤워하는 동안, 나는 창문을 닫고 에어컨을 켜고 음악을 고르고, 허브차를 한 잔 더 우린다.

애인이 속옷만 입고, 목에 수건을 걸친 모습으로 나와 빨간색 소파에 앉는다. 나는 뒤에서 그의 등을 껴안은 자세로 소파 등받이에 걸터앉아, 그의 젖은 머리를 닦아 준다. 입고 있는 짧은 목욕 가운 자락이 벌어지는데도, 나는 신경 쓰지 않는다. 그는 내 허벅지를 부드럽게 쓰다듬는다.

나는 애인에게 낮에 있었던 일을 얘기한다. 낮에, 지하철 플랫폼에서 있었던 일을.

나는 벤치에 앉아 사람을 기다리고 있었다. 바로 옆에 몸집이 작은 늙수그레한 여자가 앉아 있었다. 발치에는 커다란 보스턴백이 놓여 있고, 어깨에는 배낭을 메고, 밀짚모자를 쓰고 있었다. 전철이 몇 대나 플랫폼으로 들어오고, 승객을 쏟아 내고, 그리고 또 태우고 사라졌다. 나는 움직이지 않았다. 그녀 역시 움직이지 않았다.

몇 번째 전철이 플랫폼으로 들어왔을 때, 그녀가 벌떡 일어나 내게 물었다.

"저, 이거, 보라색 아니죠?"

그것은 차체 옆에 보라색 선이 한 줄 그어져 있는 은색 전철이었다. 그 역을 통과하는 전철은 그 색과 황금색뿐이었다.

"보라색 맞는 것 같은데요."

나는 말했다.

"이게 보라색 전철이에요."

그녀는 환하게 미소 지으며 고개를 숙이고는, 보스턴백을 들고 그 전철로 뛰어올랐다. 문이 닫히고, 전철은 가 버렸다.

나는, 그녀가 어디로 가는지를 먼저 말하고 물어봤으면 좋았을 텐데, 하고 생각한다. 어디 어디로 가고 싶은데, 하거나, 이 전철은 어디 어디에 서나요, 하고. 하지만 그녀는 그러지 않았고, 미소만 남기고 가 버렸다.

저, 이거, 보라색 아니죠.

"걱정할 거 없어."

마지막까지 잠자코 들은 애인이 말한다. 내 양 눈꺼풀에 한 쪽씩 키스하고는,

"보라색 전철 맞잖아. 그녀는 목적지에 무사히 도착했을 거야."

하지만 나는, 그것이 나를 안심시키려는 말인 줄 알고 있다. 그녀는 어쩌면 반대 방향으로 가는 전철을 타야 했는지도 모른다. 아니면 급행을 타야 했는지도.

"그래."

나는 말하고, 애인의 어깨에 머리를 기댄다.

"무사히 갔을 거야."

눈을 감고, 숨을 들이쉬고, 안심한 척한다. 그 일은 이제 잊자고 마음먹고, 그리고 나는 실제로 잊어버린다. 깨끗하게. 달리 방

법이 없다.

그리고 우리는 여행을 계획한다. 해마다 8월이면 둘이서 열흘 정도 이 도시를 떠난다. 우리의 휴가. 나와 애인은 허브차를 마시고, 몇몇 도시에 대해서 얘기한다. 지금까지 가 본 몇몇 도시와, 그리고 언젠가 가 보고 싶은 몇몇 도시에 대해서.

30분 후, 우리는 침실로 이동한다. 나는 애인의 향기로운 어깨에 코를 비비고, 매끄러운 배를 애무한다. 우리 애인의 몸은 완벽하다. 그리고 그의 몸은 신기할 정도로 나를 행복하게 할 수 있다.

모든 것이 끝난 후, 우리의 축 늘어진 몸은 서로에게 익어 달라붙는다. 마치 오래 써서 부드러워진 가죽 장갑처럼. 혹은 핏줄이 같은 어린 두 아이처럼.

절망은 죽음에 이르는 병이다.

침대에 누운 채, 나는 키르케고르의 말을 떠올린다. 절망은 죽음에 이르는 병이다.

깊은 밤. 내가 사는 아파트는 주택가에 있어서, 귀를 쫑긋 기울여도 아무 소리도 들리지 않는다. 세계는 깊은 바닷속에 가라앉아 있다.

5

7월의 어느 아침, 여동생이 찾아왔다. 동생은 늘 그렇듯, 과자와 CD와 손톱깎이를 담은 커다란 가방을 들고 왔다. 손톱깎이는 내게 주는 선물이란다.

"쓰기가 아주 편해서."

라면서.

우리는 동생이 가져온 CD를 듣는다. 정열적인 기타 연주였다. 정말 아름다웠다. 기타리스트는 현을 자유자재로 오가며 한숨 같은 은밀한 소리를 내는가 하면, 갑자기 한 선율을 격정적으로 쏟아 낸다. 몇 번이나. 늘 그렇다. 기타곡을 들으면 나는 울고 싶어진다. 쫓기고 쫓겨, 숨을 곳을 잃는다.

"이 곡, 숨 막힌다."

내가 애원해도, 동생은 모른 척한다.

"이 격렬함이 좋잖아."

하고 말한다.

동생은 야위고 자그마하다. 머리는 아주 짧다. 동생은 주로 짙은 갈색과 검정과 카키색 옷을 즐겨 입는다. 그 색깔들에 나는 정글에 몸을 숨긴 군인을 연상한다.

동생은 작은 회사에서 경리 일을 하고 있다. 장부와 전표, 계산기와 도장이 몇 개 든 상자, 커피, 책상 밑에는 발 마사지용 대나무.

동생은 여행을 좋아한다. 일 년 내내 가뭇가뭇하게 그을어 있다. 포레스트 페어런트란 운동에 참가해, 세계 각지에 있는 불우한 어린이들을 돕고 있다. 그들이 학교에 갈 수 있도록. 크리스마스 시즌이 되면 동생에게 크리스마스카드가 잔뜩 날아온다. 온 세계에서 그녀의 아이들이 보내는 카드가.

그녀 자신에게는 아이가 없다. 그녀는 독신이고, 반년 넘게 계속해 사귄 남자도 없다.

우리는 예전에 얘기한 적이 있다. 우리 가족의 운명에 대해서. 아마도 우리는, 언젠가는 소멸할 운명이리라. 우리 둘이, 우리 가족의 끝이다.

"예쁘네, 이거."

동생이 내 책상에 놓인 스카프 디자인을 보고 말한다. 선명한 오렌지색에, 과일을 모티프로 한 디자인이다.

"언니 그림에는 생명력이 있어."

하고 동생은 말한다.

우리는 베란다로 나가 테이블에서 커피를 마시고, 동생이 가져온 과자를 먹는다. 과자는 초콜릿을 두른 비스킷이고, 핑거 초콜릿이란 이름과 똑같은 모양이다. 우리는 얘기를 나누면서, 그 과자를 몇 개나 먹는다.

우리는 요즘 본 영화 얘기도 한다. 〈시베리아〉와 〈내 이름은 조〉와 〈천국의 아이들〉.

우리는 길고양이의 영역 다툼과 동생의 친구와 호박 값에 대해서 얘기한다. 얘기하면서 초콜릿 은박지의 주름을 편다. 한 개씩 정성스럽게.

우리는 핑거 초콜릿을 먹을 때, 은박지를 절대 찢지 않는다. 거의 습관처럼, 찢기지 않게 조심조심 벗겨 내고 과자를 입에 넣은 다음 손가락 등으로 주름을 매끈하게 편다. 펴고는 은박지 끝을 쥐고 들어 올려, 귓가에서 흔든다. 은박지는 팔랑팔랑, 파삭파삭

하는 희미한 소리를 낸다. 우리는 그 소리를 즐긴다.

엄마가 그랬다. 엄마는 매사에 그녀 나름의 방식이 있었다. 그리고 엄마는, 핑거 초콜릿을 이렇게 먹었다.

우리 집 예술가. 아빠는 엄마를 그렇게 불렀다.

"여기, 무지 복작복작하네."

베란다가 복작복작한 것은 어제 오늘 일이 아닌데, 동생은 새삼스레 놀랍다는 듯이 그렇게 말한다. 웃자라고, 그 수도 너무 늘어난 화분의 식물들. 말라 버린 식물들. 겹겹이 쌓인 빈 화분. 물뿌리개, 분무기, 전지가위. 큼지막한 유리구슬, 갖가지 색깔의 조개껍데기, 모자이크로 만든 조그만 용기. 기울고 휜 선반. 그 밖에 빈 와인 병이 네다섯 개, 살이 부러진 우산, 녹슨 거울과 이 빠진 커피 잔이 나뒹굴고 있다.

"언니나 나나, 식물 키우는 재주는 물려받지 않았나 봐."

동생이 말하고, 나는 미소 지으며 고개를 끄덕인다. 식물을 키우는 재주에 관한 한, 우리 엄마는 정말이지 특별했다. 엄마는 식물 하나하나가, 더워하는지 추워하는지, 기분이 언짢은지 병에 걸렸는지, 햇볕을 쬐고 싶은지 바람을 쐬고 싶은지, 만져 달라는 것인지 혼자 있고 싶은 것인지, 다 아는 듯했다. 엄마는 꼼꼼하거나 섬세하지는 않았다. 오히려 대충대충이었다. 냉장고 청소를 하듯 식물을 돌봤다. 그런데도 시들어 가고 까다롭고 누렇게 뜬 식물까지 쑥쑥 건강하게 자랐다.

"덥다."

눈이 부신 듯 눈썹을 찌푸리며 동생이 말한다. 우리는 베란다에 쏟아지는 햇살을 견딜 수 없어, 방으로 들어간다.

동생은 조심성이 많은 아이였다. 조심성이 많은, 그리고 충실한. 동생은 아빠와 엄마는 물론 나와 학교 선생님과 친구들에게도 충실했다. 그 충실함은 고집스러울 정도여서, 지금 그것은 동생의 몸 안에서 조그만 어둠을 형성하고 있다. 조그만, 그러나 깊은 어둠이다. 그 어둠은 안심이고 편안함이다. 나는 자신을, 그 어둠에 너무 오래 머무는 더부살이처럼 느낀다. 혹은 밤의 숲에 몸을 숨긴 힘없는 야생 동물처럼.

여름날 저녁, 우리는 곧잘 '소소한 가출'을 했다. 소소한 가출은 산책의 일종으로, 모르는 길을 찾아 한없이 걷다가 날이 어두워져서 둘 가운데 누구든 돌아가고 싶어 하면 돌아가는 것으로 끝난다. 나는 멀리까지 가고 싶어 했다. 동생은 두말 않고 따라왔다. 불안해지고, 그 불안을 더 이상 버틸 수 없어 내가 돌아가자고 할 때까지.

우리에게는 마음에 드는 장소가 몇 군데 있었다. 두부 가게가 있는 좁다란 뒷골목, 하늘이 드넓게 보이는 다리 위, 움푹 찌그러든 가드레일이 있는 길. 그 움푹 찌그러든 곳에 우리는 이름을 붙였다. 쓰네코라는 이름이다. 우리는 그 이름이 그곳에 정말 잘 어울린다고 생각했다. 혼자서도 잘 서 있는, 그러나 조금은 불행한 쓰네코를 우리는 손가락으로 쓱 문질렀다. 그것은 차갑고, 흙먼지에 덮여 거슬거슬했다. 해 지는 저녁 속에서, 우리는 몇 번이나 쓰네코를 돌아보았다. 쓰네코는 가만히 거기에 있었다. 우리와 달라서, 쓰네코는 돌아갈 장소가 없는 것이다. 끈끈하고 애매한 여름의 공기, 주택가 어귀, 우리의 소소한 가출.

6

죽음.

나는 때로 그것에 대해 생각한다. 죽음. 지금까지 경험한 모든 죽음.

우선은 줄리앙의 죽음.

아빠와 엄마의 사랑 줄리앙이 신의 부름을 받아 열세 살의 생애를 마쳤을 때, 나는 열한 살이었다.

줄리앙은 자기 깔개 위에서 죽었다. 빨강 파랑 실로 짠 길쭉하고 네모난 그것은, 여기저기 실이 풀어지고, 더럽고, 너덜너덜했다. 죽기 며칠 전부터 줄리앙은 먹지도 마시지도 않았다. 아빠와 나와 동생이 말을 걸어도 들리지 않는 듯했다. 엄마 목소리에는 반응을 보였지만, 퀭한 눈망울을 약간 올려 얼굴만 힐금 보고는 움직이지도 짖지도 않았다.

죽기 전부터 이미 줄리앙의 몸은 굳어 갔다. 거기에는 아름답던 털도, 생기발랄하던 표정도, 생각도, 천진스러움도, 충성도, 더 이상 없었다.

하루에 두 번, 수의사가 상태를 보러 왔다. 하지만 그가 할 수 있는 일은 아무것도 없었다. 줄리앙은 그렇게 죽어 갔다. 오직 자기 혼자서.

아빠도 엄마도 울지 않았다. 나도 동생도 울지 않았다. 울어서는 안 되었다. 그것이 우리의 방식이었다. 줄리앙은 어른이었다. 노인이었다. 그래서 우리는 보내 주어야 했다. 손아래 인간으로서.

엄마는 죽은 줄리앙을 그렸다. 연필 스케치 몇 장과 조그만 유화 한 점. 엄마는 그전에도 종종 줄리앙을 그렸지만, 나는 마지막에 그린 유화를 가장 좋아한다. 줄리앙의 털은 원래 탁한 갈색인데, 그림 속에서는 밝은 갈색이다. 바탕색은 분홍과 초록, 엄마다운 발랄한 색감이다.

줄리앙이 죽고, 곧이어 Y화백이 죽었다. 자살이었다. 자기 집에서 목을 맸는데, 한 번 실패하고는 다시 일주일 후에 성공했다.

Y부인은 울고 싶은 만큼 한껏 울었다. 먹지도 않을 음식을 만들어 식탁에 늘어놓았다. 식탁이 가득해지면 전부 버리고 그릇을 씻고, 또 만들기 시작했다. Y부인은 온 방을 장미로 꾸몄다. 숨이 막힐 정도였다. 벽에는 살아 있을 때 Y화백이 그린 부인의 초상화—그림 속에서 그녀는 장미 다발을 안고 미소 짓고 있다—가 묵직하게 걸려 있었다. 금색 액자에 담겨.

내 눈에 죽음은, 남은 자의 광기로 비쳤다.

그리고 친할머니와 친할아버지가 잇달아 죽었다. 외할머니도 죽었다. 우리는 그때마다 검은 옷을 입고 장례식에 갔다.

"슬퍼해서는 안 된다."

아빠는 그렇게 말했다.

"슬퍼할 일이 아니야."

라고.

나는 애인에게 물은 적이 있다.

"내가 죽으면 당신, 슬플까?"

"그야 슬프지. 아주 슬프지."

애인이 그렇게 대답해서 나는 "왜?"라고 물었다. 애인은 그 물음에는 대답하지 않고,

"그럼 당신은?"

하고 되물었다. 몸을 시트로 휘감고 손가락으로는 내 머리칼을 쓸어내리며.

"내가 죽으면 당신은 안 슬프겠어?"

안 슬퍼, 하고 나는 대답한다. 옛날에, 아빠가 가르쳐 준 대로.

"죽는 건 슬픈 일이 아니야."

말은 그렇게 했지만, 나는 거의 울음이 터질 것 같았다. 애인은 죽지 않았으면 싶었다. 그래서 이렇게 말했다. 하지만 당신은 죽지 마, 라고.

"이런 바보."

애인은 희미하게 미소 지었다. 내 머리를 끌어안고, 내 볼에 소리 내어 키스해 주었다. 나는 애인에게, 걱정할 거 없어, 라는 말을 듣고 싶었다. 영원히 죽지 않을 테니까, 라는 말을. 하지만 물론 애인은 그런 말은 해 주지 않았다.

끝내 아빠도 죽었다. 내가 열일곱 살, 동생은 열한 살 때 겨울이었다. 교통사고였다. 친구가 운전하는 차를 타고 민물낚시를 하러 갔다가 돌아오는 길이었다.

길은 군데군데 얼어붙었고, 하늘에는 별이 빛났다. 무수한 별이.

장례식 내내, 나는 아빠가 그 자리에 있는 듯한 기분이었다. 아빠가 엄숙한 표정으로 거기에 서서, 문상객 한 명 한 명에게, 야, 이거 오랜만이군요. 이렇게 찾아 주셔서 고맙습니다, 하고 인사하고 있는 듯한 기분이었다. 그런데 그 후, 갑자기 표정이 일그러지더니, 흥, 내가 왜 죽어야 한단 말이야, 하고 투덜거린다. 그렇게 조심했는데, 하필이면 교통사고라니, 하고.

"아빠는 여기 있어."

엄마는 씩씩하게 그렇게 말하고는, 남편도 줄리앙도 없는 집에서 그림을 그리고, 식물을 키우고, 방을 세놓고, 파트타임으로 일하고, 딸 둘을 키웠다.

내가 먼저 집을 떠나고, 그리고 동생이 집을 떠났다. 조촐한 가족이던 우리는 서로 다른 장소에 사는 친한 세 여자가 되었다. 그리고 간혹 아빠의 '예술가'와 '꼬맹이'와 '꼬꼬맹이'로 돌아가 전화로 얘기하는 사이가 되었다.

죽음은 남아 있는 자들에게 새로운 생활을 마련해 준다.

"아빠가 보면 싫어할 텐데."

내 방의 인테리어와 하얀 피아노, 동생이 신는 투박한 부츠와 짧은 바지를 보고 엄마는 그렇게 말했다.

그런 엄마도 4년 전에 뇌출혈로 죽었다. 자기 아틀리에에서 혼자, 마치 줄리앙처럼.

우리는 조용하고 소박하게 장례를 치렀다. Y부인이 찾아와 울면서 우리를 안아 주었다. 지금은 중년이 된 엄마의 두 딸을.

몇 번의 죽음. 나와 동생을 둘러싼, 갑작스럽고, 친근하고, 그리고 위엄 있는.

나와 동생은 죽음은 평온한 것이라고 생각한다. 아니, 그렇게 생각하기로 했다. 죽음은 언젠가 우리를 맞으러 와 줄 베이비시터 같은 것이다. 우리는 모두, 신의 철모르는 갓난아기다.

7

여름밤, 나는 애인과 맥주를 마시고 있다. 나는 애인이 마시는 맥주의 첫 한 모금을 좋아한다. 아주 맛있다는 그의 표정과, 천천히 위아래로 움직이는 그의 목을 볼 수 있어서. 그리고 때로 거품이 윗입술에 묻어 있어서. 나는 맥주 거품이 묻은 애인의 입가를 좋아한다.

애인은 닭고기에 소금을 뿌려 구워 준다. 가지를 굽고, 가다랑어포도 만들어 준다.

나는 오늘 밤, 내가 살아 있다는 것에 감사한다. 오늘 밤 내가 살아 있고, 애인 역시 살아 있다는 것에. 불쑥, 이 몇 시간이 멋지게 느껴진다. 달도, 밤하늘도, 복작복작하게 어질러져 있는 베란다도. 맥주도 닭고기도, 태피터 커튼까지도.

나는 한껏 채워져, 무서울 것 하나 없는 기분이다.

그래서 우리는 저녁을 먹은 다음 산책을 하러 나갔다. 아파트 관리인 아저씨에게 가볍게 인사하고, 손을 맞잡고 밖으로 나간다.

밤바람은 달짝지근하고, 향기롭다.

"아, 좋다."

황홀감에 젖어, 나는 말한다. 우리는 쓰레기 버리는 곳을 지나 상점가로 간다. 가게는 모두 문이 닫혀 있다.

"아틀리에에 있는 그림, 좋던데."

애인은 내가 그리기 시작한 그림을 칭찬한다. 젊은 여자가 정면을 향하고 있는 그림이다.

"학창 시절 친구가 모델이야."

나는 설명한다.

"사진 보면서 그리고 있어."

그 친구는 머리가 아주 짧았다. 빨강이나 검정 같은 색깔이 분명한 옷을 즐겨 입었다. 아빠만큼이나 나이 차가 나는 남자와 사귀었다. 피부가 하얗고, 마르고, 가느다란 안경을 끼고, 골루아즈를 피웠다.

우리는 함께 데생을 했다. 그녀의 데생은 힘차고 독창적이었다. 나는 그녀가 아름답다고 생각했고, 그녀의 벗은 몸을 보고 싶었다. 그렇게 말하자, 그녀는 웃으면서 그 자리에서 바로 옷을 벗었다. 나는 찬탄을 아끼지 않았다. 벗은 그녀 몸은 매끄럽고, 상상했던 것보다 훨씬 근육질이었다.

"지금은 뭐 하는데?"

애인이 물었다.

"글쎄. 졸업하고 벨기에로 유학 갔는데, 그림은 그만뒀어. 마지막으로 만났을 때는 미용사였고."

호오, 그래, 하고 애인이 대꾸한다. 얼굴은 앞을 향한 채.

우리는 살랑대는 버드나무 아래를 지나고, 자동판매기가 뿌리는 빛 앞을 지나고, 서 있는 자전거 옆을 지난다.

미술 대학에 다니던 시절, 나는 지금보다 훨씬 젊었지만 훨씬 형편없는 여자였다.

"만나 보고 싶네."

애인이 말한다.

"그녀도, 그 시절의 당신도."

우리는 사귄 지 6년이다.

다음 순간, 불쑥 그것이 찾아온다. 그것이란, 애인이 돌아가는 순간이다.

"전화해."

나는 말하고,

"응, 전화하든지, 아니면 올게."

하고 애인은 말한다. 우리는 잡은 손을 놓고, 볼을 맞대고 서로의 귀에 잘 자라고 말한다.

애인은 자고 가는 날도 있고, 그냥 돌아가는 날도 있다.

나는 들떠서 산책 나온 것을 후회할 뻔하다가, 아슬아슬하게 비껴간다. 후회를 싫어하는 것이다.

돌아가는 길, 나는 신중하게 왔던 길과는 다른 길을 찾아 걷는다. 혼자서도 무사히 돌아갈 수 있도록.

8

아침.

나는 동네 빵집에서 빵을 사 와서, 커피를 끓여 아침을 먹고 일을 시작한다. 하늘은 찌뿌드드하게 구름이 껴 있고, 금방이라도 비가 쏟아질 것 같다.

내가 갖고 있는 두 종류의 팔레트 중 하나는 내 손으로 직접 만든 것이다. 합판을 샌드페이퍼로 갈고 린시드유를 칠했다. 그림을 그릴 때 필요한 도구는 가능한 내 손으로 만들어 쓴다. 손을 고정하는 몰스틱도, 몇몇 유화 도구도.

엄마에게 배웠다. 아주 오래전, 엄마의 아틀리에에서. 우리는 그림을 그리기 위해 자기 도구를 만들어야 했다.

내 아틀리에에는 온갖 것들이 잡다하게 널려 있지만, 나름의 질서가 있다. 그래서 내게는 다른 어떤 장소보다 편안하다. 아마도 기척의 문제이리라. 이 방의 기척은, 나의 체온과 심장 박동 수와 피의 농도와 감정의 파도에 감응한다. 문을 열어 놓아도, 아틀리에의 공기는 신기하게 밖으로 흘러 나가지 않는다. 젤리처럼 엉겨, 가만히 이곳에 머물러 있다.

나는 대개 오전 중에 그림을 그린다. 그림을 그릴 때, 나는 전화를 받지 않는다. 나의 지인들을 그걸 알아서, 오전 중에는 전화벨이 울리지 않는다. 그래서 나는 가끔 세상에서 버려진 듯한 기분이 든다. 동생과 애인과 미술상과 택배 아저씨와, 내가 디자인한 스카프와 우산을 팔아 주는 부티크의 점장에게서도.

물론 그것은 바보 같은 생각이다. 내가 전화를 받지 않을 뿐이니까. 그런데도 나는 버려져 홀로 남은 듯한 기분을 지울 수 없다. 지은 지 17년이 되어 낡은, 하얀 아파트의 한 방에서.

한낮이 지나, 활짝 열린 창문 아래로 하굣길의 초등학생들이 지나간다. 몇 명씩 무리 지어, 재잘재잘 떠들면서. 언제부터 비가 부슬부슬 내리기 시작했는지, 모두 알록달록한 우산을 쓰고 있다.

나는 순간 움찔하지만, 금방 정신을 차린다. 그들은 나를 찾아오지 않고, 나는 이미 어른이다. 창문을 닫고, 슈베르트를 낮게 틀어 놓고서 점심 대신 허브차를 마신다.

초등학교. 그것은 내 인생의 난관이었다. 선생님도 교실도 운동장도 싫었다. 수업도 규칙도 보건실도 소풍도 급식도, 모든 것이 다 싫었다.

지금 생각해도 끔찍하다. 위압적인 여선생님과 불결한 화장실, 이상한 냄새 나는 알루미늄 식판과 플라스틱 그릇. 그리고 가장 끔찍했던 것은 아이들이다. 아이들은 하나같이 위협적이었다. 거칠고, 무례하고, 손톱은 더럽고.

운동장 구석에 있는 수도와 하얀 페인트로 칠한 조례대가 그나마 위안이었다. 늘 변함없이 거기에 있어, 나는 가끔 만지러 갔다.

그 나날들.

사람들은 왜 어린아이를 학교에 보내고 싶어 하는 것일까.

뭘 하든 두 줄로 나란히 서서, 옆의 아이와 손을 잡아야 했다. 쉬는 시간에는 햇볕이 쨍쨍 내리쬐는 운동장으로 나가야 했고, 신체검사를 하는 날에는 속옷 차림으로 복도에 줄 서야 했고, 뛰고 싶지 않은데도 뜀틀을 뛰어넘기 위해 용기를 쥐어짜야 했다. 쾌활해야 했고, 남들과 보조를 맞춰야 했다. 나는 여든 살 노파가 된 기분으로 그 시절을 살았다. 당혹스러워 이리저리 도망 다니고, 그리고 완전히 포기한 채.

그때, 동생은 너무 어렸다. 그저 아기였다. 그 시절 내 인생에는 남자가 등장하지 않았다. 나는 외톨이였다.

나는 슈베르트에 귀 기울이면서, 그림자 모양이 그려진 머그컵에 허브차를 따라 마신다. 허브차는 뜨겁고, 양지바른 곳의 풀냄새가 난다. 나는 안전한 장소에 있다고 느낀다. 그로부터 시간이 흘러, 나는 이제 초등학교에 가지 않아도 된다.

그것은 승리가 아니다. 하지만 나는 패배를 두려워한 적은 한번도 없다. 나는 어떻게든 해냈다. 그것으로 충분했다.

오후, 나는 목욕을 한다. 11월에 소규모 전시회를 하는데, 오늘 그 일로 사람을 만나기로 했다. 나는 일 때문에 사람을 만나는 걸 좋아한다. 애인 없이도, 혼자 잘 하고 있다는 기분에 젖을 수 있다.

욕조 안에서 팔다리를 뻗는다. 창문 바로 앞에 조르륵 놓여 있는 예쁜 색깔의 병을 바라본다. 배스 오일과 목욕 소금과 클렌저와 보디 샴푸 병이다. 부슬부슬 떨어지는 빗소리가 들린다.

나는 욕조에 느긋하게 누워 있는 자신의 몸을 내려다본다. 약간 탄력을 잃었지만, 그래도 한 마리 동물로는 충분히 부드럽고 하얀 몸을.

석류 향 거품으로 몸을 씻으면서 나는 남자에 대해 생각한다.

남자들.

어린 내게는 주어지지 않았지만, 어른인 내게는 주어지는 것. 알 수 없는 사고와 행복한 체온을 지닌, 향기롭고 뼈가 울룩불룩한 생물.

몇몇 남자를 만나고, 사랑을 했다. 그림 그리는 학생, 미술상, 시장에서 일하는 남자.

지금 애인은 골동품 가게와 헌책방을 하고 있다. 허벅지가 아름답고, 살에서는 깊은 숲속 냄새가 난다. 나는 그를, 무척 사랑하고 있다.

아, 한 명을 빼놓았다. 아주 짧은 사랑이었다. 그 남자는 어느 극단 멤버였고, 궁상맞도록 가난했다. 동그란 얼굴에, 교진 팬이었다. 나는 지금도 놀랍다. 하필이면 동그란 얼굴의 교진 팬과 사랑에 빠지다니.

아마도, 언뜻언뜻 비치는 피로감에 이끌렸던 것이리라. 그리고 지방이 끼기 시작한 배에, 살기 힘들어하는 표정에. 착한 남자였다. 따끈하게 데워 설탕을 넣은 우유를 좋아했다. 아르바이트를 몇 가지나 했다. 그리고 헤어지자고 하자, 울어 주었다.

남자들.

나는 그들을 좋아했다. 한 사람 한 사람 모두, 색다른 과일처럼 독특했다. 하지만 지금은 모든 것이 너무 멀고 애매해서, 기억도 잘 나지 않는다.

9

나는 일을 좋아한다. 그림을 그리면 마음이 차분히 가라앉고, 다른 것을 깨끗이 잊을 수 있다. 내 인생에서 그럴 수 있는 시간은, 기억하는 한 세 가지밖에 없다. 그림을 그리는 시간과 나비를 잡는 시간, 그리고 눈 내리는 날 하늘을 올려다보는 시간.

눈 내리는 하늘은 신비롭다. 희붐하고, 엷은 모래색을 띤 그곳에서 한없이 떨어지는 눈송이 하나하나의 그 모양, 그 가벼움. 올려다보고 있노라면, 그만 시간의 흐름 밖으로 나가 버린다.

벌써 오래도록, 눈을 못 봤다.

여름이면 늘 그렇게 느낀다. 햇살이 끝이 없어, 백 년도 넘게 여름 속에 갇혀 있는 것처럼. 이 계절이 영원히 끝나지 않을 것처럼.

오늘도 몹시 덥다. 방에는 에어컨이 켜져 있지만, 창밖을 바라만 봐도 더위에 체력을 빼앗길 것 같다. 나는 축 늘어진다.

동생에게서 엽서가 왔다. 동생은 휴가를 내서 이즈 고원에 간 듯하다. 오래된 여관에 묵고 있습니다, 라고 쓰여 있었다. 조그만 모형 배에 통째로 회를 뜬 도미와 거대한 새우가 담겨 있는 회를 먹으려면 다짐이 필요합니다, 라고도.

나는 엽서를 읽으며 웃는다. 다짐이라, 사뭇 그녀다운 말이다. 나는 베란다에서 시원한 화이트 와인을 마시며 이른 저녁을 먹는다. 혼자서. 동생이 보낸 엽서를 다시 읽으면서.

애인이 없을 때, 나는 노인처럼 조용히 지낸다. 식사도 아주 조금만 한다. 뜨거운 물로 목욕을 하고, 일찍 잔다. 언젠가 애인은, 기면嗜眠 성향이 강한 거, 별로 건강하지 않다는 거야, 하고 일깨우듯 말했다. 하지만 애인은 모른다. 아무도 나를 일깨울 수 없다는 것을. 나는 자고 싶어 실컷 잔다. 그다음 애인을 만날 때까지. 나는 그런 잠을 아주 건강하게 여긴다.

그렇게 푹 잔 나는 다음 날, 아침 일찍 일어나 훗날 미용사가 된 학창 시절 친구의 초상화를 그린다. 칙칙한 녹색 벽을 배경으로, 안색은 나빠도 눈빛은 날카로운 그녀가 미소 짓고 있다. 그림

속 그녀는 실물과 비슷하게 닮았지만, 동시에 전혀 다른 사람처럼 보인다. 초상화는 늘 나를 배신하고, 도발한다.

그린다는 것은 가두기보다 오히려 풀어놓는 것에 가깝다. 나는 자신을, 무책임하게 아이를 많이 낳은 여자 같다고 느낀다. 또는 툭하면 임신하는 창부인 것처럼. 옛 친구를 그린 그림 앞에서, 나는 자신의 일과 인격을 구분하지 못한다.

나는 그녀를 만나고 싶다고 생각한다. 만나 봐야 어느 쪽이나 할 말이 없겠지만, 그래도 너무나 만나고 싶다.

10

파도 소리.

나는 소리를, 귀보다 먼저 손가락과 발끝으로 듣는다. 철썩, 촤르르, 철썩, 촤르르, 철썩철썩 철썩철썩.

해 질 녘의 해변은 바다 내음이 아니라 지는 해의 내음에 싸여 있다. 철썩, 촤르르, 철썩, 촤르르, 철썩철썩 철썩철썩. 나는 애인에게 기대어, 애인의 품 안에서 그 소리를 듣는다. 바람이 질러간다.

나는 애인과 바다에 와 있다. 이 조그만 섬에 두 번째로 와 있다.

낮에는 대개 책을 읽으며 지낸다. 기분이 내키면 스노클링도 하지만, 물속에 오래 있지는 않는다.

우리의 휴가는 달콤하고 끈적하다. 늘.

처음 만났을 때, 우리는 둘 다 충분히 어른이어서 자신에게 어리광을 피워도 상관없다고 판단했다. 우리는 스스로에게 어리광을 부린다. 그리고 상대방에게도.

"저녁 먹기 전에 같이 샤워나 할까."

애인이 귓가에다 속삭인다.

"좋아."

맨발을 구부려 엄지발가락으로 모래를 헤집으며 나는 대답한다. 온 살에 조금씩 땀이 배어 있다.

"당신은 늘, 내가 뭘 하고 싶은지 알고 있다니까."

손을 마주 잡고 코티지까지 걸어가면서, 나는 우리가 오누이인 것처럼 느낀다. 연인 사이가 아니라 오누이. 사이좋은, 그러나 서로에게 잔인하고 거리낌 없는.

도마뱀의 꼬리를 자른 날, 엄마가 컵을 사 왔다. 맑게 갠 날이었다. 그때 일은 똑똑히 기억하고 있다. 초등학생이 되어 처음 맞은 여름 방학, 늘 그렇지만 나는 혼자 심심해하고 있었다.

도마뱀을 직접 보기는 처음이었다. 나는 숨을 삼켰다. 너무 이상하게 생겨서, 남자아이들이 갖고 노는 장난감 괴수에 생명이 있어 꿈틀대는 것 같다고 생각했다. 환영을 보는 듯한 기분이었다.

그것이 조그만 발가락 달린 네 개의 예쁜 발로 내게 다가왔을 때, 나는 공포에 질린 나머지 손에 들고 있던 부삽으로 내리치고 말았다. 도마뱀은 도망가고, 남은 꼬리가 내 잔인한 행동을 규탄했다.

그때, 엄마가 유리문을 열었다.

"다녀왔어."

시장을 보러 나갔던 엄마가 밝은 목소리로 말했다.

"엄마가 좋은 거 사 왔지."

나는 거의 얼이 빠진 채 우뚝 서 있었다. 마당에는 동백나무 그림자가 어려 있었다.

"자."

엄마는 노랑과 오렌지색 꽃무늬 컵을 내밀었다.

"귀엽지? 네 거야. 너, 주스 좋아하잖아."

나는 컵 따위 쳐다볼 여유가 없었다. 방금 있었던 사건에 혼이 나가 망연자실한 상태였다. 엄마의 말은 내 곁을 스치고 지나갔다.

"아아, 도마뱀."

저녁을 먹으면서 그 얘기를 하자, 엄마는 별일 아니라는 듯 그렇게 말했다.

도마뱀.

처음 듣는 이름이었다.

나와 애인은 짐이 많지 않다. 둘 다 조그만 여행 가방 하나. 애인의 가방은 검정 가죽 보스턴백, 나는 하얀 패브릭 캐리어. 벌써 몇 년째 똑같다. 갈아입을 옷 몇 벌과 책 외에 애인은 돈을, 나는 스케치북을 각자의 가방에 넣어 가지고 온다.

저녁은 한없이 오랜 시간을 두고 먹는다. 테이블 너머로, 우리는 서로의 눈에서 거의 눈길을 떼지 않는다. 신선한 생선과 바삭바삭하게 구워 낸 닭고기, 시원한 채소 수프, 과일과 함께 찐 밥을 천천히 넘기는 사이사이, 우리는 서로를 얼마나 사랑하는지 속삭인다. 그것은 마치 느릿느릿 진행되는 자살 행위 같다. 그는 나를 사랑한다. 나는 그것을 알고 있다. 나는 그를 사랑한다. 그는 그것을 알고 있다. 우리는 더 이상 아무것도 바라지 않는다. 종점. 그곳은 거친 벌판이다.

전망이라도 나쁘면 좋을 텐데, 하고 생각한다. 성벽이 사방을 에워싸고 있든지, 숲이 울창하든지.

이곳은 시야가 너무 트여 있다. 끝이 없다. 우리는 자유롭고, 그리고 갇혀 있다.

애인은 하얀 면 반바지에 밝은 색 실크 셔츠를 입고 있다.

"당신, 정말 아름다워."

마늘과 버터가 진득하게 발린 게를 먹으면서 나는 말했다.

"지금 당장 바닥에 쓰러뜨리고 싶을 정도로."

애인은 미소를 머금고,

"좋으실 대로."

라고 말한다.

5초 동안, 우리는 말없이 서로를 응시한다. 숨이 막혀 와, 나는 그만 울고 싶어진다.

사람을 좋아하게 되다니, 어렸을 때는 생각할 수 없는 일이었다. 사람에게 마음을 열다니.

11

"내가 우리 딸이 싸웠다는 얘기, 했던가."

방에서 데킬라를 마시면서 애인이 말했다.

"아니, 못 들었는데. 해 봐."

조금 전에 목욕을 하고 나온 나는, 팔다리에 바른 아련한 샤워 코롱 향기 속에서 상쾌한 기분이다.

"학교에서 싸웠대. 남자아이랑."

나는 애인의 말투에서 자랑스러운 울림을 감지한다. 방과 후니 철봉이니 하는 단어를 주워들으며, 언젠가 애인이 보여 주었던 사진을 떠올렸다. 가녀리고, 단정하게 생긴 여자아이였다. 나의 애인에게는 딸과 아들이 하나씩 있다.

"용감한 딸이네."

애인이 얘기를 끝내자 나는 싱긋 웃으며 대꾸한다. 그리고 애인의 손에서 잔을 빼앗아 목을 자극하는 독한 술을 한 모금 마신다. 애인은 엄지손가락 위에 소금 결정을 올려 내 입에 넣어준다.

이 주변에는 조그만 섬들이 여럿 있고, 방카 보트를 타면 금방 갈 수 있다. 그 섬들은 내 눈에는 다 똑같아 보이는데, 전혀 다르다니까, 하면서 애인은 놀린다.

"보라고."

보트에서 애인이 설명해 준다.

"저 섬은 썰물 때만 모습이 나타나. 여기 도착한 날 당신이 조개를 주웠던 섬은 저기 저쪽에 있고. 우리 산호도 봤잖아."

나는 하늘을 올려다보며 무슨 소린지 전혀 모르겠다는 표정을 짓는다. 설명 듣는 거 싫다는 식으로. 하늘은 소름이 끼칠 정도로 파랗다.

하지만 물론, 조금 전까지는 그저 바다 위 풍경이었던 것들이 애인의 한 마디 한 마디에 단박 질서를 획득한다. 그 순간적인 변화의 감동적인 아름다움을 나도 모를 리 없다.

애인과 있을 때, 나는 세계에 덜함도 더함도 없다고 느낀다. 바다에 있든 도시에 있든.

12

도쿄로 돌아와 낯익은 아파트에 도착하자, 나는 안도한다. 여행이 참 멋졌는데도.

짐을 풀고, 쌓여 있는 우편물과 팩스를 정리한다. 빨간색 소파와 지친 태피터 커튼과 테이블과 꽃병과 먼지투성이 전등갓. 방안의 모든 것이 정겹고 편안하다.

나는 스테레오에 카라얀의 앨범을 세팅하고, 허브차를 끓인다. '로맨틱Romantic'이라는 제목의 그 앨범은 마스카니에서 시작해 바그너로 끝난다.

소파에 앉아, 눈을 감는다.

섬을 떠나던 날, 나는 서른여덟 살이 되었다. 아침에 눈을 뜨자마자 애인이 축하 키스를 해 주었다. 여행을 하는 내내 돌아가야 할 날이 고통스러웠다. 보지 않고, 말하지 않고, 없는 것으로 하려 했다. 그런데 이곳에 돌아와 이렇게 안심하다니, 애인과 함께 있을 때의 나로서는 상상도 할 수 없는 일이다. 섬을 떠나 마닐라로 향하는 조그만 경비행기 속에서, 우리는 내내 손을 잡고 있었다.

밤. 침대로 들어가려는데, 어이! 하고 오랜만에 그것이 찾아왔다. 나는 할 수 없이 문을 열고 맞아들인다. 아무도 절망을 내쫓을 수 없다.

우리는 마주하고, 천천히 말을 주고받는다. 잘 지냈어? 별 문제 없는 것 같은데. 절망은 그렇게 말하고, 친근한 몸짓으로 내 무릎을 톡톡 친다. 침대에 들어가 얌전히 베개에 등을 기대고 있는 내 무릎을.

오래전에 잊어버린 일이 몇 가지나 떠오르고, 나는 불쑥 나타난 그 기억의 선명함에 어쩔 줄을 모른다.

예를 들면 쓰기 교과서.

황록색 표지에 커다란 장미꽃이 촌스럽게 그려져 있었다. 나는 그 그림을 추악하다고 생각했다. 추악하고, 품위가 없다고.

그 무렵, 품위가 없다는 말은 아빠의 입버릇이었고, 우리 집에서는 결정적인 경멸을 뜻했다. 하지만 아이들은 해서는 안 되는 말이었다. 교과서 표지를 가지고 품위가 없다고 하면, 그런 말을 한 아이야말로 품위가 없는 꼴이었다.

우리 엄마는 수업과 공책이란 말에 경의를 표하는 마지막 엄마가 아니었을까 한다. 초등학교에 입학하자 엄마는 "선생님께서 하시는 말씀은 무엇이든 경청해야 돼."하고 주의를 주었는데, 나는 그 '경청'을 오래도록 '긴장'으로 착각하고 있었다.

아무튼 나는 쓰기 교과서를 추악하다고 생각했다. 추악한 것은 한 번 보고 나면 뇌리에서 지워지지 않는다. 촌스러운 장미꽃 그림.

나는 초등학교가 그들이 생각하는 만큼 품위 있는 장소는 아니라는 것을 엄마 아빠가 알아주었으면 하고 바랐다. 그러나 한편으로는 차라리 모르기를 바라기도 했다. 그 무렵, 나의 조그만 머리는 지금보다 훨씬 모순으로 가득했다.

이제 갈게.

절망이 말한다. 절망은 어린 시절 얘기를 좋아한다.

그럼 또 보자. 잘 자고.

절망이 그렇게 말하고 나간 후에야 나는 겨우 잠든다.

13

새벽, 아파트 주민들이 깨기 전, 정원에서 길고양이의 벼룩을 잡아 준다. 파르스름하고 시원한 공기 속에서.

나는 물을 담은 양동이를 옆에 놓고 쭈그리고 앉아, 더러운 그들의 몸에서 자랄 대로 자란 털을 헤집는다. 고양이의 털은 부드럽고, 왜 그런지 싸늘하다. 밤이 아직 남아 있는 것처럼. 하지만 피부는 따뜻하다. 나는 두 엄지손톱으로 벼룩을 한 마리씩 짓뭉개, 시신을 양동이에 떨어뜨린다.

길고양이라서 이름은 없지만, 편의상 내 멋대로 부른다. 얼룩이, 꿩, 말라깽이. 대개 생긴 모양으로 붙인 이름인데, 절륜絶倫이란 이름도 있다. 그 이름은 동생이 갈색 얼룩무늬에 몸집이 자그

마한 고양이에게 붙인 이름이다. 그는 심심하면 암고양이를 임신시킨다. 말라깽이는 절륜의 새끼 가운데 한 마리다.

얼룩이는 벼룩을 잡아 주면 무척이나 좋아한다. 양동이를 들고 오는 나를 보면 제일 먼저 다가온다. 살이 찌고 다리가 짧고 못생겼지만, 성격은 고분고분하다.

반대로 검둥이와 절륜은 질색한다. 검둥이는 내가 다른 고양이의 벼룩을 잡아 주면 야옹거리면서 발치를 맴돌고 어리광을 피우다가도, 막상 벼룩을 잡아 주려고 하면 성질을 부리며 거부한다.

그 외에도 가끔 얼굴을 보이는 초록눈과 흰둥이가 있다. 흰둥이는 검둥이와 꿩, 절륜과 사이가 나쁘다.

벼룩을 다 잡으면 나는 일어나 기지개를 켠다. 오래 쭈그리고 앉아 집중한 탓에 다리가 후들거린다. 온통 벼룩의 시신이 떠 있는 물을 버리고, 밝아진 하늘과 정원을 바라본다. 가슴으로 신선한 대기를 들이쉰다.

집으로 돌아온 나는 뜨거운 물을 틀어 놓고 느긋하게 샤워를 한다. 욕실 가득 수증기가 차고, 보디 샴푸의 거품에서는 달콤한 석류 향이 피어오른다.

그리고 나는 침대에 쓰러져, 다시 잠든다. 곤하게, 마음껏.

14

어렸을 때, 내가 가장 좋아하는 간식은 웨하스였다.

바삭하고 두툼한 게 아니라, 하얗고 얇고 손바닥에 얹어만 놓아도 눅눅해질 것처럼 허망한 것이다. 잘못 입에 넣으면 입천장에 달라붙어 버리는.

사이에 크림이 살짝 묻어 있지만, 그것은 크림이라기보다 설탕을 녹인 페스토처럼 묽다. 얇고, 애매한 맛이 났다.

나는 그 하얀 웨하스의 반듯한 모양이 마음에 들었다. 약하고 무르지만 반듯한 네모. 그 길쭉한 네모로 나는 의자를 만들었다. 조그맣고 예쁜, 그러나 아무도 앉을 수 없는 의자를.

웨하스 의자는 내게 행복을 상징했다. 눈앞에 있지만—그리고 당연히 의자지만─절대 앉을 수 없다.

 9월. 낮에는 숨이 턱턱 막힐 정도로 더운데, 밤이 되면 풀벌레 소리가 들린다. 몇 마리나 있다. 나는 욕실 창문을 열고, 욕조 안에서 그 소리를 듣는다. 때로는 리로리로리로, 하고 들리고, 또 때로는 꼬꾸르르 꼬꾸르르, 하고 들리는 그 소리를.

 벌레들은 어떻게 시기를 아는 것일까. 땅속에서, 이제 슬슬 우리가 세계에 참가해도 좋을 때야, 하고 마음을 정하는 것일까.

 나는 아주 오래 욕조에 몸을 담그고 있었다. 전화벨이 울렸지만, 대답은 자동응답기에게 맡긴다. 욕조 안에서, 나는 인간의 수명에 대해 생각한다. 세계에 참가하는 시간에 대해. 풀벌레 소리를 들으면서.

 동생이 건 전화였다. 내가 되걸자 뭐라 말할 새도 없이,

 "역시 있었네."

 하고 말했다.

 "왜 바로 안 받았어?"

 라고. 나는 까닭 없이 기뻐진다. 전화를 안 받았다고 앙탈을 부려 주는 사람은 이 세상에 동생뿐이기 때문이다.

 사랑에 빠졌어, 하고 동생은 말한다. 나는 딱히 놀라지 않는다.

"오랜만이네."

"2년 만이야."

이즈 고원에서 만났다고 한다. 상대는 여섯 살 연하의 대학원생에 무뚝뚝하지만 친절한 사람이라고 동생은 말했다. 그리고 20분 동안, 나는 전화로 그 사랑의 전말을 들어야 했다.

미술관에서 처음 봤는데, 우수에 찬 남자라고 생각했다는 것, 이토역행 버스 정거장에서 우연히 다시 만났는데 버스가 하도 안 와서 같이 택시를 타게 되었다는 것, 너무 덥고 목이 말라서 역 앞 카페에 들어가 아이스커피를 마셨다는 것, 전화번호는 동생이 가르쳐 주었고, 그는 자기 전화번호를 말해 주지 않았다는 것―내가 묻지 않았거든, 하고 동생은 말했다.

그런데 도쿄에 돌아오자마자 전화가 걸려 왔고, 그 후로 종종 만나고 있다는 것. 그는 우구이스다니에 사는데, 벌써 몇 번이나 그의 아파트에도 갔다는 것.

"우구이스다니라고."

나는 말했다.

"대학원생에."

나는 동생의 어떤 말에도 놀라지 않았지만, 만에 하나 그 연애가 반년 이상 지속되면 그때는 진심으로 놀라리라.

15

일요일.

나는 늘 가는 빵집에서 빵을 사고, 커피를 사서 공원 잔디밭에서 먹는다. 나는 잔디밭에서 보이는 풍경으로, 공원보다는 도로 쪽을 좋아한다. 공원 안에는 둘러봐야 재미난 것이 하나도 없다. 개와 어린아이와, 묵묵히 걸어가는 사람들뿐. 도로 쪽에는 도로와 노상에 주차된 많은 차들과 나뭇잎 사이를 헤치고 아스팔트로 떨어지는 햇살의 아름다운 모양이 보인다.

나는 한쪽 무릎을 몸으로 바짝 당기고—다리를 쭉 펴는 것보다 웅크리는 편이 안심이 되는 것은 왜일까—약간 고개를 숙인 채 선글라스 너머로 거리를 바라본다. 거리를, 햇살을, 그리고 도로를. 노안경을 내려 쓰고 종일 텔레비전을 보는 할머니처럼.

지난주에 화랑 오너와 식사를 했다.

해마다 한 번, 조그만 전시회를 열어 주는 화랑이다. 과거에는 엄마의 전시회를 열어 주었다. 그는 내 그림이 엄마 그림을 닮았다고 한다. 정열적인 것도, 정물의 형태가 약간 일그러진 것도. 나는 잘 모르겠다. 엄마의 그림이나 내 그림이나 대중적이라고 생각한다. 엄마는 살아 있을 때, 내 그림을 음울하다고 했다.

식사를 하고 우리는 피아노 라이브를 들을 수 있는 바에서 술을 마셨다. 오너는 나의 새 스카프 디자인을 칭찬해 주었다. 전체적으로 엷은 파랑과 초록 바탕에, 한가운데 새끼 사슴 한 마리가 비를 맞고 있는 디자인이다.

"색이 잘 나오면 좋겠는데 말이야."

좋아하는 안주인 올리브를 우물거리면서 오너는 그렇게 말했다.

그리고 우리는 내 방에서 또 술을 마셨다. 한 시간 남짓. 그러고는 타바스코와 토마토 주스 냄새 나는 키스를 했다.

공원에 비치는 햇살이 뜨거워져, 나는 종이 쓰레기를 모아 빵봉투에 쑤셔 넣어 커다란 쓰레기통에 버렸다. 쓰레기통 뚜껑에는 '개똥은 버리지 마세요'라 메시지가 붙어 있었다. 세상 온갖 곳에 메시지가 넘쳐 나, 나는 진저리를 친다.

내게 인생이란 운동장 같은 것이다. 입구도 출구도 없고, 물론 어딘가에는 있을 테지만, 있어도 별 의미가 없다. 무질서하고, 전진도 후퇴도 없다. 모두들 그곳에서, 그저 운동을 할 뿐이다. 나는 그곳에서, 어쩔 줄 몰라 한다.

오랜 옛날, 우리 가족은 신주쿠역 서쪽 광장을 '꼬맹이의 운동장'이라고 불렀다. 모자이크 무늬의 회색 지면에 크고 작은 하얀 물방울이 흩어져 있었다. 그 광장을 지날 때마다 엄마와 아빠가 양쪽에서 손을 잡아 주면, 나는 이 물방울에서 저 물방울로 깡충 뛰었다. 실제로는 내가 뛴 것이 아니라 엄마 아빠가 구령을 붙이면서 끌어 올려 주었지만. 그래서 땀을 흘리고 숨을 헐떡이는 쪽은 내가 아니라 엄마 아빠였지만. 그래도 아무튼 그곳은 꼬맹이의 운동장이었다.

그리고 세월이 흘러 '꼬꼬맹이의 운동장'으로 이름이 바뀌었다. 하지만 지금의 내게도 그곳은 역시 운동장이다. 지금은 가는 일조차 거의 없지만, 가끔 사람을 만나러 고층 빌딩군의 한 모퉁이를 찾을 때면, 지나가면서 그런 생각을 한다.

한 가지 다른 것은, 양쪽에서 손을 잡고 끌어 올려 줄 부모가 이제 없다는 것이다.

16

손.

동생은 전화로 손에 대해서 얘기하고 있다. 대학원생의 손이다. 아까부터 계속.

그 남자의 손은 하얗고 섬세하고 아름답단다. 손가락도 길고, 핏줄마저 기품 있게 비쳐 보인다고 한다.

"기품이라고?"

"자랑이 아니란 말이야."

동생은 그 남자에게 푹 빠져 있는 모양이다.

"언니 같으면 빈약하다고 표현할 체형이고, 팔도 정말 가늘지만, 갑자기 꽉 껴안을 때는 힘이 굉장해."

"그야 젊으니까, 힘이 있는 건 당연하지."

나는 심술궂게 말한다.

"언니는, 무슨 말이 그래."

동생은 용감무쌍하다.

"그보다, 너 놀러 오지 않을래? 맛있는 배가 있는데."

늘 연근을 보내 주는 친구가, 알은 작아도 물이 많은 싱싱한 배를 보내 주었다.

바빠서 놀러 갈 틈 없어, 하고 동생은 말했다. 그러니까 또 전화할게, 라고. 우리는 전화를 끊었다.

저녁나절, 애인이 온다. 애인은 욕실에 껴 있는 곰팡이를 제거해 준다. 곰팡이 제거제를 발라 놓고 기다리는 동안, 애인은 산책을 다녀오자고 한다. 정말 기분 좋은 저녁이니까, 하면서.

그래서 우리는 산책하러 나간다. 근처에 있는 공원으로.

남자아이들이 공원에서 스케이트보드 연습을 하고 있다. 공사 현장에나 있는 고깔모자 같은 빨간 기둥을 세워 놓고, 그 사이를 갈 지之자로 미끄러지다가 몸을 구부리고 튀어 올라 방향을 바꾼다.

그리고 개를 데리고 산책하는 사람들─그런 사람들은 아침에도 낮에도 밤에도 있다 ─ 과 아이와 함께 거니는 엄마들.

"이 시간에 공원을 걷다 보면, 막 샤워를 하고 나온 듯한 기분이 드는데, 왜 그럴까."

나는 애인에게 말한다.

"샤워를 하고 나온 것도 아닌데."

내 옆에서 애인이 미소 짓는다. 우리는 손을 마주 잡고, 목적 없이 걷는 사람만이 가능한 자유롭고 느긋하고 편안한 걸음으로 분수 옆을 지나간다. 아직은 환한 하늘에 하얗고 조그만 달이 떠 있다.

"저기 좀 봐. 달이 당신 엄지손톱을 닮았어."

분수에서 시원한 바람이 불어온다.

우리는 돌 벤치에 앉았다. 애인이 내 등을 껴안고, 예쁘다고 말한다. 이 공원에 있는 다른 어떤 여자보다 예쁘다고. 하지만 나는 그 말이 거짓말이라는 것을 안다. 나는 입과 눈은 너무 크고, 입술은 너무 얇다. 그리고 양 팔뚝의 살은 늘어지기 시작했다. 그런데도 나는 그런 지적은 하지 않는다. 애인이 애써 해 준 거짓말이니까, 달콤하게 그러나 조금은 슬픈 마음으로 받아들인다.

"아서 헤일리는, 자기 작품 중에서 가장 마음에 드는 작품은?

이란 질문을 받으면 항상 최신작이라고 대답했대."

걸으면서 애인이 말했다.

"작가는 모름지기 그래야겠지."

나는 알 수 없었다. 그래야 하는 것이 아니라, 그럴 수밖에 없는 것 아닐까, 하고 생각했다.

"성실한 작가인가 보네."

나는 그렇게 말했지만, 내가 한 말이 그 작가를 향한 것인지 애인을 향한 것인지 알 수 없어 혼란스럽다.

"최신작, 읽었어?"

애인이 물어, 나는 고개를 가로저으며,

"읽을게."

하고 대답한다.

우리 애인은 책을 많이 읽는다. 지식도 풍부하고, 비교적 돈도 있고, 언어에도 능통하고, 게다가 욕실에 낀 곰팡이도 제거해준다.

나도 책을 많이 읽지만, 좋은 독자라고 할 수는 없다. 읽을거리가 없으면, 애인이 없는 시간을 어떻게 보내야 좋을지 모르니까 읽을 뿐이다. 그래서 밤, 애인이 돌아간 후에 책을 읽는다. 또는 애인이 나타나지 않는 낮에.

많이 읽지만, 읽고는 이내 잊어버린다. 제목조차 잊어버려서, 때로는 같은 책을 두 권이나 사고 만다. 그리고 읽기 시작하고서도 한참이 지나야 깨닫는다. 가끔은 마지막까지 다 읽고도 몰라, 나중에야 똑같은 책이 두 권 있다고 놀란다.

　아파트로 돌아와 나는 서른 장 정도 되는 CD 중에서 마이클 니만을 골라 틀어 놓는다. 애인이 곰팡이 제거 작업을 끝내, 우리는 맥주를 마시고 키스를 한다. 입술에, 목덜미에, 그리고 쇄골에. 나는 애인의 쇄골을 좋아한다. 아름다운 선율의 피아노곡이 점차 정감을 더해 가, 미처 침실로 이동하지 못한 우리는 그 자리에서 사랑을 나눈다.

　애인이, 오늘은 자고 갈 수 있다고 한다.

17

그 일을 왜 이렇게 또렷하게 기억하고 있는지 모르겠다. 하지만, 그 복도의 광경을, 고무바닥 실내화를 신고 마룻바닥을 밟는 불안하고 불쾌한 감촉까지 고스란히 기억하고 있다.

초등학교 1학년, 신체검사 때 일이다. 우리는 옹기종기 두 줄로 서서, 재잘거리며 선생님을 따라가고 있었다.

그러다 내가 갑자가 걸음을 멈추고는 꼼짝하지 않았다. 줄이 정체되었다. 끔찍하리만큼 정직하게.

그 시절, 학교란 장소에서 그런 일이 몇 번이나 있었다. 뭐라 설명하기가 무척 어렵다.

느닷없이 불쑥 알아차린다. 이 복도를, 이렇게 두 줄로 서서 걷기는 처음이란 것을. 내게는 이유와 결심이 필요했다. 무엇을 하든.

왜 이런 곳을 걷고 있을까.

멈춰 선 나는 생각한다.

아직 그렇게 한다고 정하지 않았는데.

학교란 곳에서는 이유도 결심할 시간도 주어지지 않았다. 그 것을 할지 말지, 바로 정해야 했다. 어리숙한 아이였던 나는 어리숙하게 행동하고, 행동하고 나서야 알아차리니까, 결심과 행동의 순서가 늘 뒤바뀌곤 했다.

복도가 급식실에서 가까워 이상한 냄새가 났다. 햇빛이 비치지 않아 어둡고 써늘했다. 희끗희끗 엷은 초록색 양호실 문은 여닫기가 불편하고, 벗겨진 페인트 아래로 나뭇결이 드러나 보였다. 잠시 정체되었던 줄은 나를 남겨 두고 재빨리 가 버렸다. 초조하고 혼란스러운 나는 서둘러 상황을 파악하려고 애쓰고, 마음을 정리하고, 뛰어서 내가 있어야 할 장소에 끼어든다. 무방비한 속옷 차림으로.

혹은 또.

나는 선생님 눈앞에 서 있다. 선생님은 친절하지만, 불쾌한 말투로 나를 타이르고 설득한다. 혼내는 것도 격려하는 것도 위로하는 것도 아닌 말투.

원인은 잘 기억나지 않는다. 우유병에 입을 대고 우유를 마시지 못한 때였는지, 쉬는 시간인데 너무 더워 운동장에 나가지 못한 때였는지, 먼지가 풀풀 이는 매트에 몸을 누이지 못한 때였는지.

선생님은 내게 쓸데없는 걱정이 너무 많다고 했다. 쓸데없는 걱정. 그리고 하면 할 수 있다고, 거듭거듭 말했다.

하면 할 수 있다니까.

하지만 나는 마음을 정하지 못한 상태였다. 할 것인지 말 것인지, 하고 싶은 것인지 하고 싶지 않은 것인지.

실제로도 느림보였으리라. 나는 무슨 일이든 결정하는 데 시간이 걸렸다. 그런데도 순종하는 아이였기 때문에 온 힘을 다해 하고 싶은 이유를 찾았다. 결심하기 위한.

몇몇 기억, 불행하지는 않았어도 충분히 고통스러웠던 그 한없는 시간.

왜일까. 나는 이제 어른인데, 때로 어린아이의 시간에 갇혀 있는 듯한 기분이 든다.

18

나의 일터.

비 내리는 날이면 물감 냄새가 한결 짙어진다.

나는 지금 조그만 그림을 그리고 있다. 파란 그림이다. 색을 덧칠한 캔버스의 축축한 표면을 페인팅 나이프로 긁어 첼로 하나를 그리고 있다. 긁어낸 자리는 무슨 상처처럼 안쓰럽고, 캔버스의 하얀 속살이 드러나 있다.

이 기법을 구사할 때, 엄마는 페인팅 나이프 대신 붓 자루 끝을 깎아 사용했다. 나무가 캔버스를 덜 아프게 한다면서.

하지만 나는 나이프가 좋다. 힘차고 딱딱한 선을 그릴 수 있다. 나이프의 날에 가까운 부분을 쥐고 긁기 때문에, 금속 특유의 싸늘한 감촉이 느껴지는 것도 좋다.

이 그림은 나를 위해 그리고 있다. 현관에 걸린 그림을 새로 갈까 싶어서.

2시간 정도 일하자 배가 고파, 밥을 차에 말아 먹었다. 하얀 밥에 현미차를 부은 소박한 식사.

친할아버지는 찬밥을 말아 먹어야 제맛이라면서, 새로 지은 밥을 찬물에 씻은 다음 차를 부었다. 나 역시 같은 생각이다. 하지만 오늘 밥은 너무 차가워서 오히려 뜨거운 물에 담갔다가 차를 부었다.

오후 1시. 비가 그치지 않는다. 주룩주룩 소리 내며 아침부터 줄곧 내리고 있다.

갑자기 수영이 하고 싶어, 나는 조그만 가방에 수영복과 수영모와 수건을 쑤셔 담는다. 그러고는 가까이에 있는 공영 수영장으로 간다. 발목까지 오는 간편한 장화를 신고.

수영장은 한산했다.

머리가 벗어진 초로의 남자가 혼자 묵묵히 수영하고 있었다. 자동 샤워기를 통과한 후라 내 온몸은 젖어 있고, 두 팔에는 닭살이 돋아 있다.

발끝부터 어깨까지 천천히 물에 담그고, 평영으로 두 번을 왕복했다. 그리고 배영으로 한 번 왕복. 내가 할 수 있는 것은 이 두 가지뿐이다.

불과 2년 전만 해도 수영을 할 줄 몰랐다.

"수영 같은 거 싫어. 난 건강에 좋다는 거 하는 성격 아니야."

"건강? 무슨 뚱딴지같은 소리야. 모든 운동은 건강에 좋지 않아. 신체에 부자연스러운 부담을 주잖아."

일리 있네, 하고 생각하게 하는 우리 애인의 천부적인 재능.

"괜찮으니까."

하고 애인은 말했다.

"괜찮으니까 내 말대로 해."

라고. 장소는 하코네. 우리는 온천 여관에 묵고 있었다. 그 온천 여관에 풀이 있어, 애인은 내게 수영을 가르쳐 주었다.

애인은 우선 나를 물속에 눕히고, 두 손으로 등을 받쳐 주었다.

"힘 빼."

미소를 머금은 목소리로 애인이 말했다.

"걱정 마. 턱을 들고, 머리를 좀 더 깊이 물속에 넣어 봐."

나는 바짝 긴장한 채 애인의 말을 따랐다.

"잘하는데."

애인이 말했다.

"손 놓는다."

애인이 두 손을 떼었는데도, 나는 물에 떠 있었다. 고독한 섬처럼.

"느낌이 어때?"

"불안정해."

"정말?"

나는 대답하지 않았다. 안정된 기분이 들어서다.

"이제 천천히 발을 움직여 봐. 자전거 페달을 밟는 것처럼, 천천히."

몸이 쓰윽, 뒤로 나갔다. 내 머리가 물을 헤치고 있다는 것을 느낄 수 있었다. 나는 천장을 쏘아보면서, 물에 누운 채 발을 움직였다.

평영을 마스터한 나는 지금 혼자서도 수영장에 다닌다. 운동 따위 딱 질색이라고 생각했는데.

누구도 말로는 나를 설복할 수 없다. 그런데 내 몸은 보란 듯이 나를 배신하고 애인이 하라는 대로 움직인다. 언제나.

초로의 남자는 아직도 힘차게 자유형으로 물을 가르고 있다. 때로―예를 들면 우리가 같은 쪽 풀 사이드에 서서 한숨 돌릴 때―격렬하게 기침을 하면서 배수구에 침을 뱉는다.

풀에서는 물 냄새와 소독약 냄새, 그리고 신기하게도 비 냄새가 난다. 실내 수영장인데, 비와 풀의 물이 서로 호응하는 것 같다. 하늘에서 보면, 지붕도 벽도 하잘것없으리라.

나는 마지막으로 한 번, 발만 움직여 나아가는 배영—동생은 그저 물에 뜨기라고 하지만—을 하고서 그만하기로 한다.

풀 사이드를 잡고 무릎을 구부리고, 천천히 벽을 찬다. 쓰윽, 몸이 물을 헤치고 뒤로 나아간다. 그날처럼.

턱을 들고 머리를 낮추고, 나는 천장을 쳐다본다. 비닐 온실이 연상되는 천장으로 하염없이 떨어지는 빗방울이 보인다. 묵직한 회색 하늘. 조명이 하얗고 밝은 빛을 찌를 듯 수면에 뿌리고 있다. 초로의 남자와 중년의 여자가 각자 자기 페이스로 수영하는 풀에.

집으로 돌아온 나는 온몸 구석구석이 피로하다. 빨간색 소파에 다리를 뻗는다. 눈을 감고, 멘델스존을 흥얼거린다. 작년 가을에 애인과 들었던 교향곡 5번이다. 그때 애인은 더블 버튼 슈트를 입고 있었다. 멘델스존 외에 바흐와 드보르자크도 들었다. 우리는 음악으로 몸을 가득 채우고, 그리고 술을 마시러 갔다.

내가 품위 없다고 생각하는 것. 휴대 전화, 불평, 골프, 연애. 휴대 전화도 불평도 골프도 피해서 지나갈 수 있는데, 연애만큼은 그렇지 못하다.

어느 틈엔가 나도 모르게 꾸벅꾸벅 졸고 말았다. 눈을 떠 보니, 벌써 날이 어두워졌다. 창문을 열고 바람을 맞는다. 비는 그쳤다.

19

한동안 애인을 만나지 못했다.

밤. 나는 애인이 오기를 기다리고 있다는 걸 알고는, 기다리고 있지 않다고 착각하기 위해 혼자 외출한다.

지하철을 타고 긴자로 갔다. 긴자는 어렸을 때부터 좋아하는 거리다. 지금까지 몇 번인가 이사를 했다. 도심에서 산 적도 있고, 도심에서 약간 떨어지고 사방이 논인 곳에서 산 적도 있다. 하지만 어디에서 살든 간혹 긴자를 찾았다. 특히 밤에 혼자 있을 때는.

큰길을 걸으며 사람들을 바라본다. 다음 달 내 전시회가 있을 조그만 화랑 앞을 지났다. 그 전시회를 위해 전에 내 그림을 사

준 사람에게 그림을 세 점 빌리기로 했다. 거래의 절차는 모두 화랑 오너에게 맡겼다. 나는 한 번 판 그림을 빌리는 걸 좋아하지 않는다. 어쩐 미련이 남아 있는 것처럼 느껴진다. 하지만 오너에게 그런 말을 해 봐야, 그럼 새 작품을 더 그리지, 하는 소리나 들을 게 뻔하니까 입을 꾹 다물고 있다.

빌딩 2층의 조그만 바에서 술을 딱 한 잔 마셨다. 오랜만에 들렀다면서, 지배인이 감을 주었다.

어렸을 때, 나는 과일 가게를 하고 싶었다. 과일의 맛이 아니라 색깔과 냄새와 모양이 매력적이었다. 바라보고 싶고, 만지고 싶은 단순한 욕망. 내게 중요한 것은 형태와 무게와 질감이다.

너무하군.

애인은 그렇게 말할지도 모르겠다. 그럼 내가 과일과 같단 말이야, 라고. 내가 애인에게 종종 그렇게 말하니까. 당신을 더 만지고 싶고, 더 바라보고 싶다고.

택시를 타고 돌아간다. 어렸을 때는 택시를 싫어했는데, 나는 이미 어른이라서 택시를 심심찮게 이용한다. 택시는 편리하다. 꼭대기에 불을 달고 달려서, 밤에 보면 안심이 된다. 저걸 타면 돌아갈 수 있다고 생각된다.

그리고 밖을 내다보다 공원 벽에 빨간 스프레이로 휘갈긴 낙서를 발견한다.

미키, 우리 언제까지나 사이좋게 지내자. 사라.

우리 집 바로 근처에서, 신호 대기에 걸린 택시의 창문 너머로.

미키, 우리 언제까지나 사이좋게 지내자. 사라.

나의 뇌리에 두 여자의 모습이 떠오르고, 나는 갑자기 눈물이 글썽해진다.

가로등 빛에 드러난 그 낙서는 빨갛고 자극적이다.

과거에는 내게도 그런 여자 친구들이 있었다. 지금은 거의 생각도 나지 않지만. 모두들 어디로 갔을까. 모두 귀여운 아이들이었는데.

나는 창밖을 바라보며 몇 명을 기억해 낸다. 땋아 내린 머리에 리본을 묶은, 나비를 싫어했던 친구. 약국집 딸로, 곱상하게 생긴 남동생을 유난히 귀여워했던 친구. 엄마와 둘이 살면서, 초등학생인데 트로트를 좋아했던 친구.

세상은 지금도 그런 여자아이들로 채워져 있는 것일까.

미키, 우리 언제까지나 사이좋게 지내자. 사라.

20

동생이 대학원생과 헤어졌다고 한다.

동생의 연애는 늘 전광석화다. 대학원생에게 4년이나 사귀고 있는 여자가 있단다.

"그게 이유야?"

전화로 얘기하면서, 나는 물었다. 소파에서 쉬고 있는 애인과 눈짓을 주고받으면서.

"그 정도 이유면 충분하지."

동생은 분개하고 있다. 밤. 나와 애인은 막 저녁을 먹었다.

4년을 사귀었다면, 아마도 그는 그녀를 좋아할 것이다. 하지만, 그렇다고 동생을 좋아하지 않는다고는 할 수 없다.

"네가 그 남자를 좋아하는 감정, 그리고 그 남자가 너를 좋아하는 감정은 어떻게 되는데?"

"몰라. 다 끝났어."

동생이 말한다.

"나는 언니랑 달라. 그런 거 꼬치꼬치 안 따져."

"따지려는 게 아니라, 그냥 궁금해서."

전화가 길어지자, 따분한 애인이 내 등에 딱 달라붙어 허리를 껴안는다. 목덜미에 코를 부비고, 귓불을 살짝 깨문다.

"아무튼 절대 안 돼."

동생은 물러서지 않는다.

"날 바보 취급 한 거라고. 어이가 없어서."

동생은 씩씩거리며 말한다.

"술이나 마시러 올래? 화풀이하게."

"무슨 와인 있는데?"

나는 부엌에 가서, 선반에 있는 와인의 이름을 말했다.

"알았어, 갈게."

전화를 끊고 나는 애인과 마주 본다.

"동생이 올 거야."

"들었어."

애인은 손목시계를 본다.

"괜찮아. 40분은 걸릴 테니까."

우리는 침실로 이동한다.

동생은 여전히, 숲에 잠입한 용병 같은 차림이다. 모스 그린색 스웨터, 검정 바지.

애인이 햄을 썰어 주었다.

"다행이다."

동생이 말한다.

"언니가 썰어 주는 햄은 너무 두꺼워서 하나도 맛없거든요."

애인은 피식 웃으면서,

"두껍게 썬 것도 맛있는데 왜."

하고 말해 준다.

"부드럽고 질 좋은 햄은 두껍게 썬 게 오히려 맛있어."

라고.

우리는 동생의 원대로 맨 처음 쥐브리 샹베르탱Gevery Chambertin 을 땄다. 북프랑스산, 달콤하고 풍요로운 맛의 화이트 와인이다.

"우리가 남자를 보는 눈이 없는 거야."

애인이 있는 앞에서, 동생은 그렇게 말한다.

"우리가 아니고, 나, 겠지?"

"언니도 그렇잖아. 처자식 있는 남자에다 교진 팬에다, 다 그렇고 그렇지 뭐."

동생은 거침없이 말한다.

"그리고 언니는 남자에게 너무 헌신적이야."

나는 눈을 동그랗게 뜬다. 왜 그런 말을 들어야 하는지 가늠이 안 된다.

"헌신?"

만나러 와 주는 것도 애인이고, 머리를 쓰다듬어 주는 것도 애인이다. 욕실의 곰팡이를 제거해 주는 것도, 햄을 썰어 주는 것도.

"적어도."

동생의 말투가 점점 열기를 띠어간다.

"나는 깨끗하게 헤어졌으니까."

이런 대화를 나누는 우리를, 애인은 미소를 머금고 여유만만하게 바라보고 있다.

"나는 당신 자매가 다 좋은데."

라는 말까지 해 가며.

그다음은 레드 와인을 땄다. 세 병째를 다 마실 즈음, 우리 모두 흐느적거렸다. 동생이 자고 가겠다고 한다.

"그럼 나는 그만 가야겠군."

나와 동생은 길에 나가, 애인을 태우고 사라지는 택시를 바라
보았다.

21

모딜리아니의 그림.

엄마는 모딜리아니를 좋아했다. 그가 그린 여자를, 불행해 보여서 마음에 든다고 했다. 목이 길고, 안구가 없고, 불행해 보이는 여자들.

하지만, 나는 생각한다. 그녀들은 어쩌면 행복했는지도 모른다. 돈 많은 남편이 있었거나, 젊은 애인이 있었거나, 자랑삼을 아이가 있었거나, 그래서 모두 행복했는지도 모른다. 또는 불행했을지도 모른다. 그것은 아무도 알 수 없다. 우리 엄마가 행복했는지, 불행했는지도.

맑게 갠 아침. 아파트 입구에 '경고' 종이가 붙어 있었다. '길고양이에게 먹이를 주지 마세요'라고 쓰여 있다. 나는 '퍼크 유'라고 생각하고, 아주 작은 소리로 그 말을 중얼거린다.

며칠 앞으로 다가온 전시회 때문에 나는 화랑에 간다. 아직 다른 전시회를 하는 중인데, 안쪽에 있는 작은 방에서 오너 부인이 차를 끓여 주었다. 벌써 발송을 끝낸 안내 팸플릿을 훑어본다. 거기에는 내 그림과 약력이 인쇄되어 있다.

오너의 부인은 내 그림이 참 멋지다고 한다. "정감이 넘치고, 아주 멋져요."라고.

얘기를 끝내고 나는 한낮의 밖으로 나온다. 모자 가게 주인이 길에 물을 뿌리고 있다. 요즘 들어 종종 눈에 띄는 커피 스탠드의 체인점에서 커피 향과 과자 굽는 냄새가 흘러나온다.

11월. 올해는 겨울이 좀 더디 시작되는 것 같다. 하지만 슬슬 성묘를 다녀와야 할 때다. 우리 아빠는 겨울에 죽었고 엄마는 가을에 죽어서, 나와 동생은 그 중간쯤인 가을이 끝날 즈음이나 초겨울에 성묘를 다녀온다. 우리의 연례행사.

나는 꼬꼬맹이였던 시절의 동생을 떠올린다. 얌전하고, 우등생이고, 나이보다 늘 어려 보였던 동생을. 남자아이처럼 머리가 짧고, 아빠 말을 따라 캐치볼을 했던 동생을. 치아 교정기를 끼고 매주 피아노를 배우러 다녔고, 유치원복의 감색 베레모가 잘 어울렸던 동생을.

　지금은 회사에 다니면서 일단은 자립했고, 여기저기 여행을
다니고, 때로 남자를 데리고 오기도 하는 우리 가족 *꼬꼬맹이*를.

22

나와 애인은 어떤 계획을 세우고 있다.

외국으로 이주하는 계획이다. 언젠가, 마요르카섬에서 둘이 한가롭게 마음 편히 살자고 애인은 말한다. 애인은 그곳에서 골동품 가게를 한다. 휴가를 즐기러 온 부유한 유럽 사람들을 상대로. 나는 그곳에서도 그림을 그리리라. 애인은 헌책방은 아들에게 물려주고 일본을 떠나겠노라고 한다.

나는 마요르카섬에는 가 본 적이 없다. 하지만 애인과 함께라면 거기서도 잘 해내리란 것을 안다.

우리는 그곳에서 꿀처럼 행복하리라. 파도처럼 자유롭고, 바람처럼 고독하리라.

나와 애인의 계획은 완벽하다. 아무 문제도 없다. 아무 문제도. 다만, 그날이 영원히 오지 않으리란 것을 내가 알고 있다는 한 가지 점만 제외하면.

언젠가, 둘이, 마요르카섬에서.

손님들로 북적거리는 과일 디저트 카페에서 나는 동생을 기다리고 있다. 유리창 너머로 큰길이 보인다. 네거리, 걸음을 서두르는 사람들, 자동차, 노랗게 물든 가로수와 낙엽.

약속 시간보다 12분 늦게 나타난 동생은, 배가 고프다면서 햄후르츠 샌드위치를 주문한다.

"아침, 안 먹었어?"

안 먹었어, 하고 대답한 동생은 짙은 갈색 반코트를 벗어 옆자리에 놓고는 창밖을 보면서,

"춥네."

하고 말한다.

동생이 다 먹기를 기다렸다가, 가게에서 나왔다. 유라쿠초까지 걸어가, 전철을 타고 도쿄역으로 간다.

신칸센에 올라타자, 동생은 창가 자리에 털퍼덕 앉아 고개를 들고 눈을 감는다.

"아, 신칸센 냄새."

나는 우리 둘의 코트를 선반에 올려놓고,

"요즘 많이 바빴어?"

하고 묻는다. 동생은 대답은 않고 다른 말을 했다.

"그 사람이랑 다시 만나고 있어.

차내는 난방이 지나쳐 덥다.

"자꾸 전화를 걸잖아. 나는 확실하게 찼는데."

나는 대꾸하지 않았다. 동생은 그 남자를, "버려진 강아지 같아서 그냥 내버려 둘 수가 없어."라고 한다.

고속 전철이 움직이기 시작하자, 우리는 맥주를 사 마셨다.

어렸을 때, 나는 신칸센을 좋아했다. 좌석 등받이에 덮인 하얗고 청결한 커버가 특별한 느낌이 들어서 좋았다. 그 시절, 신칸센의 좌석은 감색과 회색이었다.

신칸센을 타면 아빠는 늘 차내에서 판매하는 푸딩을 사 주었다. 나를 무릎에 앉히고, 끝말잇기와 동서남북을 하며 놀아 주었다. 엄마는 창밖만 내다보면서,

"산이네."

"어머, 강이야."

"터널로 들어간다."

하고 말하곤 했다.

"4년 사귀었다는 여자는 어떻게 하고?"

나는 동생에게 물었다.

"몰라."

동생은 그렇게 대답하고,

"그 바보, 이용당하고 있어."

하고 덧붙였다.

"그 여자에게?"

"형편없는 여자라니까."

"만나 봤어?"

"설마."

동생은 놀랍다는 듯이 나를 본다.

"내가 왜 만나 봐야 하는데."

말라깽이 동생은 맨얼굴처럼 보이지만, 실은 꼼꼼하게 화장한 얼굴이다. 엷게, 노련하게.

"만나야 된다고 한 적 없어."

나도 놀란 표정을 지어 보인다. 동생은 대꾸 없이 맥주를 마신다.

"그 남자가 그렇게 좋니?"

나는 물었지만, 동생은 대답하지 않았다. 불쾌한 표정으로 앞을 향한 채. 그 옆얼굴이 어린아이처럼 고집스럽다.

　나도 맥주를 마신다.

　우리는 시즈오카에서 내려, 버스를 타고 묘지에 도착한다. 우리 부모의 묘지는 순토군 오야마초란 곳에 있다.

　"아빠랑 엄마, 잘 있겠지."

　동생이 말한다. 나는 아마, 하고 대답한다. 우리는 갑자기 즐거워진 기분으로 걸음을 재촉한다. 묘지는 산속에 있다. 넉넉하게 가지를 뻗은 아름드리나무가 몇 그루나 서 있다. 잎사귀들은 거의 절반이 곱게 물들었다.

　동생이 가방에서 향을 꺼낸다. 향은 빨간 종이에 싸인 다발이다. 우리는 향에 불을 붙여, 아빠 엄마의 무덤 앞에 내려놓는다. 덩그러니 누운 그것은 마치 다이너마이트처럼 보인다. 연기가 정겨운 냄새를 풍기며 똑바로 올라갔다가 갑자기 빙글빙글 나선을 그린다.

　나는 들고 온 브랜디 병을 따서 묘비 위에 죽죽 뿌린다. 달콤한 향이 향냄새와 섞이고, 묘비는 몰라보게 생기를 띤다. 브랜디는 엄마가 좋아하는 술이었다.

　산 위에서 살랑살랑 바람이 불어온다.

　동생은 가방에서 담뱃갑을 꺼낸다. 한 개비 뽑아 불을 붙이고,

갑과 그것을 나란히 무덤 앞에 놓는다. 나나 동생이나 담배를 피우지 않기 때문에 불붙이는 모습이 어색하다.

우리는 가방에서 아빠와 엄마가 좋아했던 것을 하나하나 꺼내 늘어놓는다. 커다란 만두, 버터코코넛. 무덤 앞이 복작복작해진다. 가게처럼.

하지만 우리는 개의치 않는다. 그다음 두 손을 모으고 한참을 침묵한다. 그럭저럭 살아남아 있다고 보고를 하고, 또 한 살 나이를 먹은 우리의 얼굴을 보여 주면, 나나 동생이나 마음이 평온해진다. 그리고 버스 정거장을 향해 언덕길을 내려온다.

돌아가는 신칸센에서는 둘 다 별 말 하지 않았다. 도쿄역에 도착하자, 사방에 온통 밤이 내려와 있고 겨울 도시의 냄새가 났다. 사람들과 네온과, 코를 찌르는 자동차 배기가스 냄새.

"흉터는 잘 있어?"

헤어질 때, 동생이 불쑥 생각났다는 듯이 물었다. 흉터는 길고양이의 이름이다. 얼굴에 다른 고양이에게 당한 흉터가 있다.

"요즘 잘 안 보이던데."

내가 그렇게 대답하자, 동생은 걱정스럽다는 표정을 지었다.

"건강하게 잘 지내."

"언니도."

우리는 그렇게 인사하고, 각자의 장소로 돌아간다. 서로 다른 전철을 타고.

23

피임 젤리에서 시원한 파인애플 향이 난다.

나는 침대에 애인과 나란히 누워, 어쩔 줄을 모른다. 애인은 금방 잠이 든다. 잠든 애인의 숨소리는 규칙적이고, 안정되어 있다.

나는 부엌에 가서 허브차를 끓인다. 맨발에 닿는 리놀륨 바닥의 감촉이 차갑다. 부엌 창문은 조그맣고 길쭉하다. 나는 그 창문에 기대어 허브차를 마셨다.

침실로 돌아가자, 애인이 눈을 뜨고,

"어디 가는 거야?"

하고 묻는다.

"떨어지기 싫어."

애인의 목소리는 어리고 잠이 묻어 있다.

"아무 데도 안 가."

나는 대답하고 침대로 들어간다. 애인의 따스한 몸에 싸늘한 몸을 기댄다.

불현듯 나는 악몽을 꾼 듯한 기분에 이렇게 말한다.

"당신, 악몽 같아."

애인은 몸을 일으키고 한 손으로 얼굴을 비볐다.

"왜 그러는데?"

나는 다시 말한다.

"당신이란 사람, 악몽 같아."

하고.

나는 자신을, 애인 인생의 사랑방을 빌려 더부살이하는 사람처럼 느낀다. 그의 옵션으로. 그의 인생의 일부이기는 하지만, 동시에 격리되어 있는 것처럼. 현실에서 떨어져 나와 있는 것처럼.

우리 애인은 친절하지만, 친절하면 할수록 나는 자신이 가공의 존재인 것처럼, 그의 공상의 산물인 것처럼 느낀다.

나는 꼼짝할 수 없다.

"이리 와."

애인이 한 손으로 나를 꽉 껴안는다. 내 머리가 애인의 어깨에 부딪친다. 애인의 팔 힘이 너무 세서, 나는 숨을 쉴 수 없다. 그의 가슴이 내 코와 입을 짓누르고 있다.

"현실이야."

애인이 말한다.

"이쪽이 현실이라고."

나는 그 말을 믿고 싶어 안달한다. 거의 울먹이는 기분으로,

"정말?"

하고 묻는다.

애인이 힘주어 대답해서, 나는 의심할 이유를 잃어버린다. 이쪽이 현실이다.

겨울.

전시회는 성황이었다. 그림은 대부분 팔렸고, 나는 꽃다발과 술과 카스텔라를 받았다. 엄마의 친구였던 Y부인도 찾아와 서양 사람처럼 나를 안아 주면서, 엄마도 기뻐할 거야, 하고 말했다.

"난, 당신이 자랑스러워."

애인은 내 그림을 보고 그렇게 말했다. 나는 단박에 자랑스러워진다. 나는 애인을 위해 그림을 그리는 것은 아니지만, 애인을 위해 하루하루 살고 있으니까. 내게 그림을 그린다는 것과 살아

있다는 것은 비슷한 일이다. 그러니 결국은 애인을 위해 그림을 그리는 셈이다.

언어는 아무 소용이 없다. 언어로 사고하려 하면, 늘 같은 자리를 맴돌고 만다.

전시회 마지막 날, 나와 애인은 나가서 함께 저녁을 먹었다. 예쁜 레스토랑에서.

"옛날얘기, 해도 괜찮아?"

오리고기가 든 샐러드를 먹으면서 내가 물었다.

"그럼."

애인이 대답했다.

"내가 다녔던 초등학교, 체육관 창문이 아주 높은 데 있었어. 좀 이상한 창문이라고 생각했어. 하늘밖에 안 보였으니까. 하지만 나는 그 창문이 마음에 들었어. 개학식 날이나 종업식 날이면, 그 창문으로 하늘을 봤지. 그런데 그 창문에는 암막 커튼이 있어서, 학예회나 인형극 하는 날에는 체육 선생님이 그 암막 커튼을 쳐 버리는 거야. 그럼 하늘이 안 보이는데. 창문은 아찔하도록 높은 곳에 있는데, 그 바로 앞에 베란다처럼 난간이 있는 통로가 있고, 무대 옆에서 계단으로 올라가게 되어 있었어. 알겠어?"

애인은 응, 이라고 대답했다.

"정말 이상한 창문이었어. 그렇게 높이 있으면 바람도 햇볕도 잘 들어올 수 없잖아."

나는 애인이 고른 레드 와인을 한 모금 마신다.

"내가 다녔던 초등학교의 체육관 창문도 그랬는데."

애인이 말했다.

"설마."

나는, 바로는 믿기지 않았다.

"체육관 창문은 보통 그렇지 않나. 위험하잖아, 낮은 데 있으면."

애인이 설명해 준다.

"혈기 왕성한 아이들이나 공이 하루가 멀다 하고 유리창을 깨뜨릴 거 아니야."

나는 믿기지 않는 기분으로, 그러나 한편으로는 물론 맞는 말이라고 생각하면서 한동안 망연해졌다.

"놀랍네."

정말 이상한 창문이라고 생각했다. 아무 쓸모없는 창문이라고. 그 창문에 연민을 느끼기도 했다. 나는 학교는 싫어했지만, 그 창문은 그런 학교에서 몇 안 되는 좋아하는 것 가운데 하나였다.

"당신이 곁에 있었으면 좋았을 텐데."

나는 말했다.

"그때 당신이 있어 주었으면, 나, 그렇게 고독하지 않았을 텐데."

불쑥 외로워진다. 애인의 미소도 그 외로움을 치유해 주지 못한다. 외로움은 느닷없이 찾아와 입을 쩍 벌린다. 그럴 때마다 나는 그 마수에 걸려들어 꿀꺽 삼켜지고 만다.

24

예를 들면 비둘기 사브레의 노란 깡통, 아몬드 로카의 선명한 분홍색 통, 어렴풋한 줄무늬 시걸 깡통, 신사 숙녀 그림이 있는 모듬 캔디 깡통.

과자보다 과자 통을 잘 기억하고 있다. 그것들은 대개 누구에게 받은 것이고, 예쁘고 귀엽고, 나중에 무언가를 담을 수 있어서 소중했지, 내용물에는 별 관심이 없었다. 어렸을 때의 내 욕망 중에서, 식욕은 순위가 아주 낮았다. 밥은 애써 먹어야 하는 어떤 것이지, 절대 즐거운 것이 아니었다.

애인이 오지 않는 날, 나는 종종 밥 먹는 것을 잊어버린다. 기억은 해도 귀찮아서 잊어버린 척하고 만다. 어렸을 때처럼. 애인이 없을 때, 식사는 그저 의무에 지나지 않는다.

방 안에는 멘델스존이 풍성한 음량으로 흐르고 있다. 나는 소파에 누워, 자신의 죽음에 대해 생각한다.

언제일까.

어떤 식으로 찾아올까.

나는 자살하고 싶은 마음은 없다. 그러나 지금은, 왜 자살은 해서는 안 되는 것일까, 하고 생각하곤 한다. 복잡하게 얽혔다가 풀리는가 하면 어지러울 정도로 방 안 공기를 휘젓는 교향곡을 들으면서, 나는 자신이 아주 홀가분하다고 느낀다. 그리고 죽음은 거의 과자 같은 가벼움으로 나를 유혹한다.

11월.

겨울에는 하루가 짧다. 나는 잠자고 일하고 목욕하고 음악을 듣고, 다시 잠든다. 길고양이에게 먹이를 주고, 외출하고, 목욕하고, 또 잔다. 책을 읽고, 산책을 하고, 공과금을 내러 다녀오고, 다시 잔다.

오늘 아침, 오너가 전시회에서 팔고 남은 그림 한 장을 들고 왔다. 우리는 커피를 마시고, 세상 돌아가는 얘기를 두런두런 나눴다. 전시회를 찾아 준 사람들 얘기도. 오너는 현관에 걸린 첼로 그림을 칭찬한다. 차가운 색상을 사용했는데도 따스하다고, 내 그림에는 두께가 있다고 한다. 나는 오너의 안경다리만 쳐다보고 있었다. 그는 최근 안경을 새로 맞췄다. 그것은 투명한 황갈색에 섬세한 모양이다. 오너는 얘기하면서 눈을 찌푸리는 버릇이 있어서, 그때마다 안경은 콧등에서 위아래로 살짝살짝 움직인다.

그 안경에, 나는 아빠를 떠올린다.

어린 시절, 내가 울면 아빠는 재미있어 했다.

"너는 혼신의 힘을 다해서 우는구나."

하고 말했다. 옳은 말이었다. 나는 울보였고, 게다가 혼신의 힘을 다해서 울었다.

"마치 세상의 끝 같구나."

아빠는 재미있어 했지만, 나는 울 때면 늘, 세상의 끝이었다.

이 세상은 울 때마다 끝났다. 몇 번이든. 그리고 한 번 끝난 이 세상은 두 번 다시 돌아오지 않는다.

아빠는 또 내게 맥주를 먹이고 싶어 했다. 연습이 중요해, 하고 말했다. 반주를 마실 때, 나를 무릎에 앉히고,

"처음에는 써. 하지만 그건 쓰다고 생각하니까 쓴 거지, 맛있다고 생각하면 맛있어."

하고 타이르듯 가르쳐 주었다.

아빠의 논리는 기묘했다. 기묘하고, 진지했다.

많은 일이 있었다. 아빠도 엄마도 착한 사람이었다. 각자 친구가 있었고, 그 친구들끼리 또 친구가 되었다. 줄리앙도 있었다. 줄리앙은 영리하고 털은 탁한 갈색이었다. 나와 동생은 그저 거기에 있었다. 우산꽂이처럼. 또는 홍차에 곁들인 각설탕처럼.

그 시절로부터 꽤 많은 시간이 흘렀다.

나는 지금 아파트 베란다에 있고, 창문을 활짝 열어 놓고 집 안 공기를 환기하려고 한다. 방 안에는 커피 잔이 두 개, 그대로 놓여 있다. 밖은 춥고, 구름이 끼어 있고, 팽팽한 기운이 느껴진다. 베란다는 여전히 복작복작하고, 화분과 빈 병과 망가진 캔버스가 쌓여 있다.

25

줄리앙.

줄리앙은 아름다운 개였다. 아름답고 영리하고, 그리고 아주 어른스러운.

우리는 모두 줄리앙을 사랑했지만, 줄리앙은 그 사랑에 빠져 있지는 않았다. 우리의 애정을 믿기는 해도, 그래서 어리광을 부리거나 과신하지는 않았다. 애정을 어떻게 다뤄야 하는지, 우리 가족 그 누구보다 잘 알고 있었다. 나는 감탄스러웠다.

줄리앙의 귀, 그 두께를 뭐라 표현하면 좋을까. 얇다고도 두툼하다고도 할 수 없는 미묘한 두께. 그것은 매끄러운 털에 덮여 약간 촉촉하고 따스하고, 만지면 살갗인지 뼈인지 모를 촉감이 느꺼졌다.

엄마가 늘 쓰다듬고 껴안아, 줄리앙의 몸에서는 엄마의 향수 냄새가 났다. 하지만 물론, 그 속에서 개 특유의 젖은 흙과 마른 낙엽과 무두질한 가죽과 밤의 숲과 모닥불과 와인 같은 냄새도 났다. 나는 줄리앙의 몸에 코를 비벼대면서 그 야성적인 냄새를 맡곤 했다.

줄리앙은 완벽한 육식성이었다. 과일이나 과자는 쳐다보지도 않았다. 우아하고 온화하고, 그리고 고독을 받아들였다.

세 살인가 네 살 때, 나는 줄리앙과 똑같은 조끼가 있었다. 엄마가 살구색에 가까운 분홍 실로 짜 준 것이다. 엉겅퀴 꽃 수가 놓여 있었다.

엄마는 재봉도 잘 하고 뜨개질도 잘 했다. 요리도, 식물을 키우는 것도. 나는, 나도 크면 엄마처럼 될 것이라고 생각했다. 모든 것을 잘하게 되리라고.

하지만 현실은 그렇지 않았다. 전혀, 그렇지 않았다.

밤.

나는 고독해서 어쩔 줄을 모른다.

조금 전까지 이 방에는 애인이 있었고, 우리는 서로를 껴안고

속삭이고, 읽고 있는 책의 내용에 대해 얘기하고 섹스를 하고, 진 토닉 맛 나는 키스를 나눴다.

애인이 돌아간 후의 방은 휑하고, 나답게 조화를 이루고 있다.

침대에 동그마니 누워, 나는 어둠을 쏘아보고 있다. 줄리앙처럼 의연한 태도로 애정을 받아들이고 싶다고, 간절하게 바란다. 백 퍼센트의 신뢰와 백 퍼센트의 고독을, 피하지 않고 마음에 또렷이 새기고 싶다고.

하지만 나는 줄리앙이 아니라 오히려, 동생이 태어나던 날 병원 밖에서 보았던 차 안의 그 개를 닮았다.

나의 인생은 때로는 아이의 그것처럼, 때로는 노인의 그것처럼 보인다. 절대 서른여덟 살 여자의 인생으로는 보이지 않는다. 나는 갇혀 있다고 느낀다. 애인의 마음속에, 또는 아이인 내 머릿속에.

26

12월.

동생이 대학원생을 만나 달라고 한다. 그래서 우리는 같이 밥을 먹기로 했다. 나와 동생과 대학원생과 나의 애인과, 그렇게 넷이서.

추운 날이었다. 모두 우리 집에 모였다. 한 사람씩 순서대로.

먼저 애인이 왔다. 음식 재료가 든 종이봉투를 껴안고. 나는 애인이 벗은 코트를 받아 들어 침실 옷걸이에 걸었다.

"흰 간장이 아직 있던가?"

부엌에서 애인이 묻는다. 하지만 나는 그것이 아직 있는지 없는지 모른다.

그다음 대학원생이 왔다. 현관 벨이 울려 문을 열었더니, 그가 서 있었다. 표정 없는 얼굴로.

"어서 오세요."

나는 생긋 웃어 보였다. 대학원생은 여전히 표정 없는 얼굴로,

"실례합니다."

하고 말하고 들어왔다. 어이없는 일이기는 하지만, 나는 낯선 남자가 풍기는 분위기에 다소 동요했다.

"안녕하세요."

부엌에서 애인이 인사하자, 대학원생은 살짝 고개를 숙이는 것 같았다.

그리고 동생이 왔다.

"아, 따뜻하다."

동생은 집에 들어서자마자 그렇게 말했다. 그리고 대학원생을 보고는,

"일찍 왔네."

라고 말한다. 온 집 안에 찜닭 국물과 생강 냄새가 가득하다.

기묘한 밤이었다.

우리 넷 다 어쩌면 좋을지 몰랐다.

동생과 나는 요즘 본 영화 얘기를 했다. 〈블론드 비너스〉와 〈버

팔로 66〉등의 영화다.

나의 애인과 대학원생은 무슨 영문인지 오키나와 얘기를 하고 있었다. 둘 다 오키나와를 여행한 적이 있는 모양이다.

이것저것 물으면 실례가 될 테지만, 그렇다고 아무것도 묻지 않으면 이상할 듯해서 대학원생에게 몇 가지 질문을 했다. 그 결과, 그의 고향이 기후이고 여동생이 한 명 있으며 전공이 학술 정보 처리라는 걸 알았다. 학술 정보 처리라는 게 무엇인지, 나중에 애인에게 물어보았지만 알 수 없었다.

대학원생은 거의 말이 없었다.

와인을 네 병이나 마셨다. 애인이 만든 찜닭은 심플하고 맛있었다. 속까지 뜨끈한 양파가 입에 넣자 사르르 녹는다. 그 외에 다진 오크라와 구운 표고버섯도 먹었다.

식사가 끝나고 음악을 틀었다. 동생이 기타 곡이 좋다고 해서, 나는 레나토 로시니의 〈My Guitar〉를 골랐다. 〈돌아오라 소렌토로〉, 〈무제타의 왈츠〉 등이 들어 있는 앨범이다. 원래는 엄마 것이었다.

우리 아빠와 엄마는 음악을 좋아했다. 한밤에 둘이 곧잘 레코드를 듣곤 했다. 곡은 때로는 기타, 때로는 하와이안, 때로는 시나트라, 때로는 뤼시엔느 드릴, 때로는 〈돌아온 주정뱅이〉, 때로는 오자키 기요히코였다.

그런 때, 한밤에 어쩌다 눈이 떠져 거실로 내려가면, 그곳은 평소의 거실과 아주 달라 보였다. 불빛은 여느 때보다 빨갛고 따스하고, 아빠도 엄마도 기분이 좋고, 술과 구운 정어리 포 냄새가 났다.

"아이구, 우리 꼬맹이 왔어."

아빠는 나를 보면 그렇게 말했다.

"이리 와서 이것 좀 들어 봐라."

레나토 로시니가 연주하는 기타를 들으면서, 우리는 또 와인을 마셨다. 아빠도 엄마도 죽어 이 지상에 없는데, 여기서 나와 애인과 동생과 대학원생이 이렇게 그들의 레코드를 듣다니, 묘한 기분이 들었다. 묘하고, 그러나 아주 자유로운.

"오늘이 세계의 끝이면 좋을 텐데."

나는 애인에게 말했다.

"여기서 네 명이, 마지막을 맞으면 좋을 텐데. 이것으로 끝, 뒤에는 아무것도 남지 않고."

애인은 미소 지으며,

"좋지."

라고 말했다.

"당신이 그렇게 원한다면, 난 상관없어."

내 어깨를 껴안고, 머리칼에 살며시 입맞춤하면서.

대학원생은 어느 틈에 맨발이었다. 주위를 살펴보았지만 양말은 보이지 않았다. 주머니에 쑤셔 넣은 모양이다. 가방 같은 것은 들고 오지 않았으니까. 발톱을 깨끗하게 자른, 하얗고 예쁜 발이었다.

그리고 우리 넷은 아파트 정원으로 나가, 길고양이에게 먹이를 주었다. 고양이들이 줄줄이 모여들었다. 줄줄이, 그러나 조심스럽게. 그 가운데 펑이 제일 경계심을 보였다. 낯선 사람이 있어서인지 좀처럼 다가오지 않았다. 간신히 내 손에서 먹이를 낚아채고서도, 평소 같으면 그 자리에서 먹었을 텐데 좀 떨어진 장소로 도망가서 먹었다. 밤의 어둠 속에서.

나는 동네 사람들에게 또 잔소리를 듣지 않을까 걱정스러웠다. 게시판에 빈정대는 내용의 새 종이가 붙을지도 모른다. 하지만 고양이들은 어떻게든 살아가야 한다.

추운 하늘 아래, 우리는 멀뚱하게 서서 고양이들의 듬직한 식욕을 바라보았다.

"하얗고, 몸통 옆에 검은 무늬가 있는 고양이가 제일 귀엽더군요."

집에 돌아오자, 대학원생이 말했다. 얼룩이였다. 하기는 낯선 인간에게 그녀가 가장 관대했는지도 모르겠다.

"흉터는 안 왔더라."

동생이 말했다.

밤이 깊었다. 동생과 대학원생이 먼저 돌아가고, 그리고 애인이 돌아갔다.

나는 원래대로, 혼자가 되었다.

27

슬픔.

나는 슬픔에 대해 생각한다. 슬픔에 대해 명확하게 생각하고 밝히려 하면 할수록, 그것은 진귀한 식물이나 무엇인 것처럼 여겨지고, 전혀 슬프지 않은 기분이 든다. 다만 눈앞에 엄연히 있을 뿐. 나는 이 집에서 진귀한 식물을 키우고 있는 것이다. 환경이 그런대로 좋은지, 그것은 놀랍도록 쑥쑥 자라고 있다. 그것 앞에서 나는 감정적이 될 수 없다. 슬픔은 나와 따로 떨어져 있어서, 나는 나의 슬픔을 남의 일처럼 바라본다.

"검정 터틀넥 스웨터가 잘 어울리던데."

모두가 다녀간 다음 날, 나는 전화로 동생에게 동생의 남자를 본 감상을 전했다.

"나쁘지 않았어."

"다행이다."

동생이 말했다.

"그 인간, 입이 짧아서 언니가 투덜거리려나 했어. 언니는 잘 먹는 남자를 좋아하잖아."

나는 과거를 돌아보며 잠시 생각하고서,

"네 말이 맞네."

하고 대답했다. 속으로는, 약간 놀랐다.

"손이 예쁘지?"

동생이 묻는다.

"안 봤는데."

어떤 손인지 떠올리려 했지만 떠오르지 않았다. 대신 발이 떠올랐지만, 동생에게는 말하지 않았다.

"뭐, 언니가 좋아하는 스타일이 아닐 수도 있지."

나는 그래, 하고 대답했다.

"같이 또 놀러 가도 돼?"

"그럼."

동생은 안심한 듯,

"다행이네."

하고 말했다.

취향.

나는 잘 모르겠다. 아마 동생 말이 옳으리라. 애인의 모습 외에는 전부 내 취향에 맞지 않는 듯하다.

애인을 만나기 전에도, 누군가를 좋아한 적이 있을 텐데.

어떻게 좋아하게 되었을까. 대체 어떤 남자들이었을까. 모든 것이 너무 멀어서, 마치 타인의 기억 같다. 내 자신의 과거가 타인의 추억담을 듣는 정도로만 느껴진다.

이 역시 내가 갇혀 있는 탓이다. 나는 갑자기 두려워진다. 그래서 다음에 애인을 만나면 꼭 말해야겠다고 생각한다. 누군가를 어딘가에 가둘 거면, 그곳이 세계의 전부라고 믿게 해 줘야 한다고. 자유 따위 부여해서는 안 된다고.

하지만 동시에 나는, 내가 애인에게 그런 말을 할 리 없다는 것을 알고 있다. 자유에 아무런 가치가 없다 쳐도, 우리가 오직 하나 갖고 있는 것이니까. 아마도 죽을 때까지.

28

해가 바뀌어 책의 삽화와 표지 장정 일을 의뢰받은 나는, 한동안 그 일에만 몰두했다. 날마다 연필로 그림을 그리는 것은 기분 좋은 작업이었다. 나는 정말 그림 그리기를 좋아한다. 연필이 처음 종이에 닿는 순간의, 근거 없는 확신. 불과 몇 분 후, 조금 전까지 아무것도 없던 곳에 홀연히 나타난 물체. 내가 그린 것인데, 종종 나를 놀라게 한다.

그리고 연필이란 도구의 완벽함! 나는 감탄하지 않을 수 없다. 연필이 빚어내는 선의 자유로움과 강함, 그리고 그 완벽한 고요.

그날 후로, 동생과 동생의 남자가 자주 놀러 온다. 둘이서, 혹은 혼자서. 동생의 남자는 혼자 와도 역시 별 말이 없었다. 그리고 30분 정도 있다가 돌아갔다. 고양이에게 주라면서 정어리를 들고 왔다. 정어리는 슈퍼마켓의 하얀 스티로폼 접시에 담겨 있었다. 우리는 둘이서 그걸 고양이에게 주었다. 그는 나를 '누님'이라고 부른다.

아침. 나는 빵과 커피로 아침을 때우고 일을 한다. 오전 중에 일이 순조로우면, 소박한 충실감을 얻을 수 있다.

햇살.

나는 겨울 햇살의 양감을 좋아한다. 그것은 실로 풍성하게 나의 창가를 찾아 준다. 아주 잠깐. 똑같다. 햇살도 동생이나 애인과 마찬가지로, 내 집을 찾아왔다가는 돌아간다.

나의 애인은 내가 아름답다고 한다. 내 머리칼을 쓰다듬으면서, 더 이상 1밀리미터도 길지 않았으면 좋겠다고 한다. 당신은 지금 이대로 완벽하니까, 라고. 속눈썹 숫자 하나 변하지 않았으면 좋겠다고 한다.

언제까지 그럴 수 있을까, 하고 생각한다. 나는 언제까지 그 사람을, 그런 식으로 착각하게 할 수 있을까.

어렸을 때 아빠는 나를 무릎에 앉히고,

"우리 꼬맹이가 세상에서 최고지."

하고 말했다. 그래서 나는 내가 세상에서 최고인 줄 알았다.

마침내, 조금 철이 들어서 다른 많은 아이들을 보면서, 나는 그 말이 전혀 옳지 않다는 것을 깨달았다.

그런데도 아빠는 나를 무릎에 앉히고, 여전히,

"우리 꼬맹이가 세상에서 최고지."

하고 말했다. 나는, 사실은 그렇지 않다는 것을 아빠가 영영 모르기를 바랐다. 진심으로, 아빠를 위해서.

또 한 사람이 있다.

열한 살 때, 나는 가족이 아닌 사람과 처음으로 키스를 했다. 그것은 너무도 갑작스런 일이라, 처음에는 무슨 일인지 이해하지 못했다.

"예쁘다."

그녀가 한 말은 그 한 마디였다. 호숫가에 있는 여관에서였다. 깊은 밤, 그녀가 2층 침대의 2층으로 기어 올라왔다.

지금 같으면, 하고 나는 생각한다. 지금 같으면, 그 예기치 못한 입술을, 좀 더 가볍게 받아들일 수 있을 텐데.

내가 배운 많지 않은 것들 가운데 하나, 사람은 어떻게든 바뀔 수 있다는 것. 그러니까 우리는 어떤 식으로든 키스할 수 있다.

기절할 만큼 열정적으로 할 수도 있고, 눈물을 흘리며 절실하고 애틋하게 할 수도 있고, 단밤을 집어 먹는 정도의 가벼운 기분으로 불쑥할 수도 있다.

그 후, 그녀는 바로 학교를 그만두었다.

기억. 나를 칭찬해 준 사람들. 스치고 지나간 사람들.

작년 말부터 올 초에 나는 몇몇 모임에 다녀왔다. 송년회와 신년회 같은 모임이다. 어떤 자리에서든 나는 술을 마시고, 많은 사람들과 얘기를 나누고, 농담을 하며 웃었다. 즐거웠다. 그 중 한 모임에서 누군가가 찍은 스냅 사진을 책꽂이에 세워 놓았다.

그 사진 속에서 나는 아주 반듯한 사람으로 보인다. 나는 일을 해서 얻은 수입으로 친구들과 술을 마시고 있다.

나는 채워져 있는 듯 보인다. 베이지색 블라우스에 짙은 갈색 가죽 바지를 입고, 발그스름하게 상기된 얼굴로 웃고 있다.

거기에 나의 애인은 없다. 애인이 없어도, 나는 충분히 살아가고 있는 것이다.

사진을 보내 준 화랑 오너에게 고맙다는 편지를 썼다. 겉에 밝은색 장미꽃이 그려진 조그만 카드에.

즐겁고 맛있는 밤이었습니다. 또 그런 밤을 가져요, 연말까지

기다리지 말고 또, 라고.

29

초등학생이었을 때, 나는 스파이 놀이를 했다. 초등학교 시절을 스파이 놀이를 하며 보냈다.

스파이 놀이에 대해, 나는 아무에게도 말하지 않았다. 나는 혼자서 그 놀이를 했다.

나는 어른이고, 스파이고, 임무를 수행하기 위해 초등학교에 잠입했다고 설정한다. 그렇게 생각하면 객관적일 수 있었다. 나는 여기에 속해 있는 것이 아니라고 생각할 수 있었다. 모든 일이 아주 견디기 쉬워졌다. 나는 2학년 때 그 놀이를 시작해서 6학년 때까지 계속했다.

가령 쉬는 시간, 운동장에서 아이들과 놀다가도 나는 종종 빠져나왔다. 화장실에 간다고 하고서. 그리고 뒷마당에 가서, 주위에 아무도 없는 것을 확인하고는 가상의 동료에게 보고했다. 별다른 변화는 없습니다. 또는 오늘은 누구와 누가 결석했습니다, 하고.

내가 상상하는 여자 스파이는 기민하고 아름답고, 그리고 왜인지는 몰라도 손가락이 가늘고 길었다.

물론 그건 얼토당토않은 일이었다. 나는 초등학생에, 아이였다. 뒷마당에서, 외톨이였다.

그 무렵, 나는 언제나 남색 속옷을 입어야 했다. 그것은 기모 가공이 된 부드러운 면이라서 감촉은 좋았지만 촌스러웠다. 적어도 나는 그렇게 생각했다. 하지만 엄마는 내게 그 속옷만 입히려 했다.

겨울 내내, 엄마는 그런 속옷을 입히는 이유를, 따뜻하니까, 하고 말했다. 따뜻하니까 이거 입어, 라고. 그러다 여름이 오면 이유가, 얌전하니까, 로 바뀌었다. 얌전하니까 이거 입어, 라고.

같은 남색 속옷이 스무 장 정도는 있었을 것이다.

지금 나는 전혀 다른 속옷을 입고 있다. 속옷은 나의 유일한 도락이다. 호사스럽고 섬세하고 아름다운 속옷. 하양, 짙은 빨강,

검푸른 파랑. 실크 또는 올 레이스. 그것들은 조금도 얌전하지 않다. 나는 이미 어른이니까, 얌전하지 않아도 상관없다.

나는 속옷 사는 걸 좋아한다. 나는 특별한 단골이라서, 그곳에서 정중한 대접을 받는다. 내 취향에 맞을 만한 속옷이 수입되면, 점원은 당장 전화로 알려 준다.

나는 자유롭게 속옷을 고른다. 자유롭고, 대담한 기분으로. 내가 고르는 속옷은 과자를 닮았다. 사치스럽고, 달콤하고, 가냘프고, 행복하다. 나는 그런 속옷을 고독한 여자 스파이를 위해 산다.

깊은 밤, 잠든 애인의 숨소리를 들으면서 나는 죽음에 대해 생각한다. 그곳에는 아빠가 있고, 엄마가 있다. 줄리앙과 Y화백과 아빠와 엄마의 친구들도 있다. 그곳에서 나는 여전히 꼬맹이다. 우울하고 뿌루퉁한 표정에, 남색 속옷을 입은.

애인의 숨소리는 고요하고 규칙적이다. 얇은 입술을 살짝 벌리고 자고 있다. 나는 죽음을 생각하고 있었다는 것을 잊고, 애인의 잠든 얼굴을 하염없이 바라본다. 애인의 몸은 따스하고, 애인은 살아 있다. 살아, 여기에 있다.

조명을 낮춘 침실은 어둡고, 샤워 코롱 냄새가 난다.

나는 애인 덕분에 이 세상에 겨우 발을 붙이고 있는 듯한 느낌이다. 그것은 기묘한 감각이다. 애인이 전부라고 느끼는 것이 아니라, 애인과 함께 있는 내가 전부라고 느낀다. 나는 그 감각을, 외롭다고 해야 하는지 충족되어 있다고 해야 하는지 몰라 혼란스럽다. 옳다고 생각해야 하는지 옳지 않다고 생각해야 하는지 몰라, 그만 생각을 포기한다.

　나는 손가락으로 잠든 애인의 얼굴을 더듬는다. 그것은 따스하고, 본질적으로는 수분을 포함하고 있지만 표면은 가슬가슬하다. 남자의 피부다.

　애인은 나와, 전혀 다른 형상이다.

30

올 들어 나는 애인과 책을 일곱 권 읽었다. 한 달 반 사이에 일곱 권의 같은 책을. 책 한 권을 읽을 때마다 우리는 얘기를 나눈다. 등장인물 한 명 한 명의 생활과, 구성과 작가의 문체에 대해서. 읽는 도중에도, 다 읽고 난 다음에도.

애인은 책을 나보다 빨리 읽는다. 나는 따라잡으려고 애를 쓰지만, 어느 날 찾아온 그는 이렇게 말한다. 아, 나는 그 책 다 읽었는데, 라고. 우리의 조그만 게임.

오후. 나는 시든 라임을 데생하고 있다. 아틀리에의 책상 한 구석에 방치되어 있는, 원 모양으로 자른 다섯 조각의 라임. 그것들은 시들어 군데군데 누렇고, 가장 오래된 두 조각은 완전히 말라비틀어졌다. 애인이 만들어 주는 진 토닉 라임. 그가 부엌 칼로, 또는 포켓 나이프로 잘라 준, 파랗고 향기가 좋았던 라임의 미라들.

다음에는 데생만 가지고 전시회를 해도 좋을 것 같군, 이라고 화랑 오너는 말한다. 나의 데생은 메마르면서도 깊은 맛이 있다고.

나는 그 말에 대해서 생각한다. 메마르다는 말에 대해. 어떤 종류의 칭찬이라는 것을 나는 알고 있다. 하지만, 그 말이 나의 본의는 아니라고 느낀다.

나는 어쩌면, 나이 먹는 것을 두려워하는지도 모르겠다. 그 생각에 나는 놀란다.

나의 애인은 여전히 자상하다. 어젯밤에도 찾아와, 그림을 걸 와이어를 새로 설치해 주었다. 내 방 벽은 콘크리트라서, 못 박기가 쉽지 않다.

우리는 그림을 걸고, 허브차를 마셨다.

"무슨 일 있었어?"

애인이 물었다.

"아니. 왜?"

그냥, 이라고 애인은 대답했다. 어째 요즘 기운이 없는 것 같아서, 라고.

"아무 일 없어."

나는 미소를 지어 보였다. 그리고 우리는 베란다로 나갔다. 복작복작한 베란다로.

나는 외로웠다. 하지만 왜 외로운지 알 수 없었다. 애인은 내 바로 뒤에서, 두 손으로 베란다 난간을 잡고 그 안에 나를 세웠다. 나는 그의 냄새를 맡을 수 있었고, 어깨 너머로 마주 댄 볼의 따스한 감촉을 느낄 수 있었다.

"더한 것도 덜한 것도 없어."

나는 말했다.

"당신이랑 있으면, 전혀."

애인은 미소를 띠고,

"그거 다행이군."

하고 대꾸했다. 내 안에 설명이 안 되는 위화감이 생겨, 나는 하마터면 웃을 뻔한다. 더한 것도 덜한 것도 없다는 것은, 그 자체가 무언가가 결여되어 있다는 뜻이다.

나는 몸을 비틀어, 애인의 입술에 가볍게 키스했다.

"사랑해."

애인은 나의 눈을 가만히 쳐다보고는,

"나도 사랑해."

하고 말했다. 똑바로, 성실하게.

나는 매일 조금씩 망가져 간다.

31

수영장.

나는 경기용 수영복을 입고 공영 수영장에서 수영하고 있다. 오늘은 나 외에도 중년의 여자가 두 명 있다. 비. 나는 어쩐 일인지 주로 비 오는 날 수영장을 찾는다. 실내조명이 반짝반짝 물에 비친다. 그 불빛에 잊고 있던 불안이 되살아난다. 예를 들면, 비 내리는 날의 초등학교 교실과 동네 문구점의 분위기가 되살아난다.

평영으로 수영할 때, 나는 천천히 물을 가른다. 하지만 아무리 천천히 물을 갈라도, 늘 조금은 물을 마시고 만다. 너무 느려서 물을 마시는 건지도 모르겠다. 깨끗하지 않은 물을.

풀에서 나온 나는 로비의 긴 의자에 앉아 쉰다. 긴 의자는 나무 팔걸이가 있는 합성 가죽 제품으로, 앉는 자리가 울퉁불퉁하고 딱딱해서 불편하다. 로비에는 텔레비전과 자동판매기가 있고, 텔레비전에는 길거리에서 인터뷰하는 장면이 흐르고 있다. 어두컴컴하고, 인기척이 없다.

나는, 수영장에서도 스파이일 수 있다면 좋을 텐데, 하고 생각한다. 그러면 마음이 차분할 수 있을 텐데, 하고. 하지만 나는 자신이 스파이란 생각이 들지 않고, 이미 그런 척 할 수 있을 것 같지도 않다.

저녁때, 아파트 뒤쪽 자전거 주차장에서 오랜만에 흉터를 보았다. 흉터는 등을 쫙 편 아름다운 자태로 앉아 있었다. 약간 야윈 것 같은데, 그래도 여전히 위엄에 차 있다. 흉터가 없는 한쪽 눈은 깊고 부드러운 금색에 완벽한 아몬드 모양이다.

"오랜만이네."

나는 말은 걸어도 대답은 기대하지 않는다. 흉터는 도자기 장식품처럼 앉은 채, 나를 가만히 쳐다볼 뿐 다가오지 않는다. 배가 고프지 않은 것이다.

나는 만족한다. 흉터는 흉터 나름으로 그의 인생을 살고 있다.

어렸을 때, 엄마가 내게, 언젠가 너도 사랑을 하겠지, 하고 말했다. 언젠가 너도 사랑을 하고, 그 사람을 위해서 밥을 짓겠지, 하고.

엄마는 내게 집안일을 거들게 할 때면, 가령 국을 떠서 나르라고 할 때면 늘 이렇게 말했다.

"조심해, 데지 않게. 네가 행여 데기라도 하면, 엄마가 미래의 네 남편에게 미안하니까."

그 말을 들을 때마다 나는 겁에 질렸다. 엄마가 내가 정말 있어야 할 곳은 다른 장소라고 말하는 것처럼 들렸다. 나는 미래의 남편 것이고, 그 알지도 못하는 남편이 엄마와 아빠에게 나를 잠시 맡겨 두었다는 것처럼.

엄마가 예언했던 대로, 결국 나는 사랑을 했다. 하지만 사랑은, 엄마가 생각했던 작용은 하지 않았다. 나는 밥을 짓지 않고, 나 자신을 위해 데지 않으려고 조심한다. 나는 누구의 것도 되지 않고, 지금 여기에 있다.

나는 엄마를 강한 사람이라고 생각한다. 적어도 엄마는, 그런 식으로 남자를 사랑했다. 아마도 자신의 의지로.

2월. 나는 겨울을 좋아하는데, 올해는 어서 따뜻해졌으면 좋겠다고 생각한다. 따뜻하고 밝게.

밤. 나와 애인은 난방이 들어오는 방에서 와인을 홀짝거리고 있다. 나는 소파에 앉아 애인을 하염없이 바라보며, 언젠가 이 사람을 그리고 싶다고 생각한다. 그리고 나는 그 생각에 소스라친다. 나는 대개 이미 잃은 사람을 그린다. 이제는 만날 수 없는 친구의 그림을 몇 장이나 그렸던가.

"이리 와."

애인의 그 말에, 나는 애인에게 다가가 애인의 무릎에 한쪽 팔과 머리를 올려놓는다.

그러고 있으면 나는 평온하고 충족된 기분이다. 간단하다. 겨우 이런 일로 충족되고 마니까.

나는 슬쩍 화가 난다. 너무도 단순한 자신에게. 나는 자신이 충족되어서는 안 된다고 느낀다. 갇혀 있다는 것에 화를 내야 한다고 생각한다. 하지만 애인이 부드럽게 머리칼을 쓰다듬어 주어, 느끼는 동시에 잊어버린다. 나는 애인의 손바닥 감촉을 사랑하고, 이 감촉으로 충분하다고 생각한다.

"다음 주에, 오랜만에 어디 좀 다녀올까."

머리 위에서, 애인이 말한다.

"어디?"

나는 애인의 목소리를 들으면서, 볼에 닿은 애인의 허벅지 체온을 바지 너머로 즐기고 있다.

"도시무라는, 아직 가 본 적 없지?"

도시무라, 라고 애인은 말했다. 나는 그게 어디에 있는 곳인지 짐작조차 하지 못한다.

"별이 아주 근사하게 보이는 곳이야."

애인이 말했다. 별이 그렇게 보이는 곳도 없을 거야, 라고. 나의 애인은 온갖 장소를 알고 있다.

그리고 우리는 와인 잔을 든 채 침실로 이동해, 음악을 들으면서 사랑을 나눈다. 음악은 마스카니다. 나는 그 극단적이고 순수한 달콤함과 정감에 빠져 버릴 것 같다. 애인의 손가락과 입술은 나를 완전히 무방비한 상태로, 아이처럼 무방비한 상태로 만든다.

모든 것이 끝난 후, 우리는 나란히 침대에 누워 손가락만 마주 끼고 있다. 애인이 내 피부를 접시 삼아 와인을 흘리곤 핥아 먹어, 내 온몸 여기저기가 끈적끈적하고 달짝지근한 향이 난다.

이쪽이 현실이야.

나는 언젠가 애인이 내게 했던 말을 떠올린다.

"현실이지."

누운 채, 나는 확인하듯 말했다. 거의 애원하듯.

"이쪽이 현실이지."

라고.

애인은 순간적으로 침묵했다가,

"적어도,"

라고 말하고, 내게 힘을 북돋워 주듯 손을 꼭 잡았다.

"적어도, 이쪽이 진실이야."

나의 애인은 점점 신중해진다.

32

도시무라는 산속에 있었다.

나와 애인은 렌터카를 빌려서 두 시간 걸려 이곳에 왔다.

애인이 따뜻하게 입고 오라고 해서, 나는 두툼하고 넉넉한 하얀 코듀로이 바지를 입고 있다.

애인은 학창 시절에 친구와 드라이브를 하다가 우연히 이곳을 발견했다고 한다. 아무것도 없고 아무도 없는 장소, 라고 애인은 말한다.

중앙 고속 도로에서 지는 해를 바라보았다. 나는 차 안에서 애인에게, 옛날에 아는 사람이 운전하는 차가 펜실베이니아 산속에서 사슴을 치었다는 얘기를 했다. 그리고 아빠가 강 낚시를 하고 돌아오는 길에 교통사고를 당한 얘기도. 여름에 동생의 친구가 오토바이를 타고 바다에 갔다가, 커브 길에서 가드레일 너머로 떨어진 얘기도.

애인은 내 얘기를 끝까지 다 듣고는,

"괜찮아."

하고 받아넘겼다.

"괜찮아. 나는 그런 짓 안 해."

라고.

사방이 점점 어두워졌다. 차에는 담요와 커피를 담은 보온병이 실려 있다. 우리는 호숫가를 달린다. 나는 애인의 옆얼굴을 바라본다. 이마가 튀어나온, 사려 깊은 옆얼굴을.

"나는 당신이랑, 온 세상의 별을 다 보고 싶어."

애인이 말한다.

"온 세상에서?"

나는 그 말에 대해 생각하고, 멋진 일이라고 상상한다.

"이스라엘에서도?"

내가 묻자, 애인은 자신만만하게 고개를 끄덕이고는,

"그런데 왜 이스라엘이지?"

하고 되묻는다.

"왜는."

이스라엘에서는 별이 파르스름하고 아름답게 빛날 것 같다.

"쿠바에서도."

라고 애인이 말한다. 우리는 생각나는 대로 지명을 말한다. 마이애미, 브뤼셀, 티베트.

그리고 갑자기, 캄캄한 어둠이었다.

좁은 길에 집 한 채, 가로등 하나 없다. 칠흑 같은 어둠. 헤드라이트밖에 의지할 빛이 없다. 애인이 차를 세웠다.

"여기가 거기야?"

애인은 양쪽 차창을 올린다. 라이트를 끄고, 엔진도 끈 차 안에서 우리는 잠시 침묵한다.

"아무것도 안 보이는데."

산속인 것은 알겠는데, 나무와 하늘의 경계가 보이지 않는다. 애인이 보온병을 기울여 뜨거운 커피를 따라 주었다. 커피의 뜨겁고 농축된 향이 차창으로 흘러 나가 밤공기에 섞인다.

우리는 번갈아 커피를 마셨다.

차차 어둠에 눈이 익자, 차 문을 열고 밖으로 나갔다. 어딘가 멀리서 물소리가 들렸다. 구두 바닥이 흙을 밟는 감촉. 나는 조심조심 걸었다. 차 앞을 돌아 내게 다가온 애인과 손가락이 절로 빨려 들어가듯 손을 잡았다. 자신의 모든 감각이 바짝 긴장하는 것을 알 수 있었다. 공기는 가슴을 가를 정도로 차갑다.

"봐."

애인이 말했다.

정말 현실이라 여겨지지 않을 만큼 별이 총총했다. 소름이 끼치도록, 자유롭게.

우리는 오래도록 그곳에 서 있었다. 어깨에 담요를 둘둘 감고 가만히 있자니, 동물의 기묘한 울음소리도 들렸다. 부엉이야, 하고 애인이 가르쳐 주었다.

유성이 몇 개나 떨어졌다. 별 일 아니라는 듯. 우리는 딱 달라붙어 그것을 보았다. 충족된 절망 속에서.

33

봄.

어느 날, 작업실 창문을 연 나는 봄이 왔다는 것을 안다. 늘 그렇다. 봄은 홀연히 나타난다. 공기가 달콤하고 부드럽게 풀어진다. 그것은 어제까지의 공기와 전혀 다르다.

냉장고 안을 정리했다. 언제 사다 놓았는지 기억에도 없는 말라비틀어진 오이와, 표면이 쭈글쭈글하게 시들고 흐물흐물해진 그레이프 후르츠를 버린다. 딱딱해진 햄도. 하얗게 곰팡이가 낀 치즈도. 나는 애인과 장을 보러 가면 신이 나서 이것저것 사들이지만, 음식을 만들지도 않고 혼자서는 거의 먹지도 않으니까, 결국 상하고 만다.

버릴 것을 다 버리고 나자 냉장고 안이 텅 비었다. 나는 선반 하나하나를 닦는다. 문을 닫자 기분까지 상쾌했다.

그리고 오전 일을 시작한다. 우산에 사용할 천 샘플이 나와서, 그것을 점검하는 일이다. 샘플은 여간해서는 이미지한 대로 나오지 않는다. 베란다로 들고 나가, 자연광 아래서 요리조리 살펴보고는 종이에 수정할 내용을 적어 넣는다. 좀 더 밝게, 푸른색을 죽인다, 라고.

나의 애인은 내가 디자인한 우산을 쓰고 다닌다. 우산살이 열여섯 개나 되는 고급 우산이다. 그것은 검정에 가까운 짙은 회색에 안쪽에는 하얗게 빛나는 안감이 덧대어져 있는데, 그 안감 한구석에 아주 조그맣게 사랑의 말이 쓰여 있다. 프랑스어로. 나는 오래전에 그 우산을 애인을 위해 디자인했다. 우리가 막 만나 사랑에 빠졌을 무렵, 우리의 어디에 그런 정열이 있었는지 모르겠지만, 아무튼 순식간에 몸과 마음을 태웠다. 미칠 듯한 정열 속에서.

지금 같으면, 나는 그런 우산은 상상조차 하지 않을 것이다. 그런 뻔뻔스런 우산은.

몇 년 걸려, 우리는 여기까지 왔다. 온화한 친밀감, 서로를 사랑스럽다 생각하고, 서로의 생활을 있는 그대로 존중하는 장소에.

나는 모른다. 이곳이 내가 오고 싶었던 장소인지, 와야 하는 장소였는지. 그저, 알고 보니 이런 곳에 와 있었다.

마지막으로 애인과 섹스를 했을 때―사나흘 전, 아니 닷새 전인지도 모르겠다. 나는 날짜와 요일 감각을 잊은 지 오래다. 있는 것은 오늘과 어제의 구별뿐, 그 나머지는 모두 이어져 있는 것 같다―나는 갑자기 생각이 나서, 애인에게 말했다.

"젤리 안 써도 돼?"

애인은 놀란 눈치였다. 그리고,

"왜?"

라고 물었다.

"아이 갖고 싶어?"

라고.

"아니, 모르겠어."

나는 솔직하게 대답했다.

"아이는 좋아하지 않아."

아이들은 무지하고, 조악하고, 제멋대로다. 보살펴 주지 않으면 살지 못하고, 또 시끄럽다.

한밤이었고, 우리는 이미 침대에 들어가 있었다. 둘 다, 알몸이었다. 침묵이 두려워 나는 허둥지둥, 그리고, 하고 말했다.

"그리고, 파인애플 같은 냄새가 나잖아."

애인은 잠시 생각하고서,

"당신 하고 싶은 대로 해."

하고 대답했다. 나는 기뻤다. 왜인지는 알 수 없다. 아무튼 무척 기뻤다.

나는 젤리를 쓰지 않았다. 그리고 애인은, 직전에 내게서 몸을 떼었다. 재빠르고 신중하게. 남겨진 나의 슬픔은 전혀 모르는 척하고서.

샘플을 다 점검하고, 나는 점심 대신 허브차를 마셨다. 민트와 보리수를 섞은 차다. 나는 시간을 들여 천천히 차를 마시고, 오후 일을 시작했다.

어렸을 적, 우리 집 마당에 진달래가 있었다. 보통 철쭉은 키가 작고 잎이 무성하지만, 진달래는 키가 훨씬 크고 잎이 적고, 가냘팠다. 이른 봄에 엷은 분홍색 애처로운 꽃이 피었다. 꽃잎이 너무 얇아, 거의 투명할 정도였다. 암술인지 수술인지, 끝이 구부러진 실 같은 꽃술이 두 개 튀어나와 있고, 그것은 마치 나비 같았다. 나는 그 꽃을 좋아했다. 싱그러운 느낌이었다. 싱그럽고, 그리고 어른스러운.

진달래는 꿀이 많은 꽃이었다. 밑동을 살짝 잡아당겨 꽃술을 빼서 쪽 빨면, 달콤한 꿀이 잎 안으로 흘러들었다. 엷은 물엿 같은 맛이었다.

그렇게 꿀을 빨아 먹는 법은 엄마에게 배웠다. 아빠는 깨끗하지 않다고 하지 말라고 했다. 나는 아빠가 없는 틈을 타 꿀을 빨아 먹었다. 몰래몰래. 때로는 엄마와 둘이서.

하지만 아빠의 위생 관념도 실은 의심스러웠다. 아빠는 눈이 내리면 나를 밖으로 데리고 나가, 담에 쌓인 눈을 떠 먹여 주었다. 아빠는 눈은 몸에 좋은 것, 이라고 말했다. 엄마는 오히려 반대였다. 공기 중에 나쁜 균이 많으니까 하지 말라고 했다. 그러나 아빠나 나나 그만두지 않았다. 도쿄에는 눈이 쌓이는 일이 흔치 않으니까, 신나게 밖으로 나갔다.

나는 꿀도 눈도 좋아했다. 아무렇지도 않았다. 설사 나쁜 균이 묻어 있다 한들, 나쁜 균째 꿀꺽 삼키고 말끔히 소화시켰다. 아마도 세균에 강한 몸이 되지 않았을까. 지금, 어른이 되어 불결한 수영장 물을 마셨다고 탈이 난 적은 없다.

나는―그런 일은 없겠지만―만약 언젠가 내 아이를 갖게 되면, 그 아이에게 꿀도 눈도 먹여 주고 싶다. 그 아이의 몸이 세균에 강해졌으면 좋겠다. 어차피, 이 불결한 세상을 홀로 살아가야 하니까.

밤, 동생에게서 전화가 걸려 왔다.

"잘 지내?"

동생이 물어 나는,

"잘 지내지."

하고 대답한다. 동생은 잠깐 말이 없더니,

"왜?"

라고 물었다.

"왜 잘 지낼 수 있는데?"

라고.

"너, 기분이 별로 안 좋구나."

내가 말했다.

"나는 잘 지내면 안 되니?"

그런 건 아니지만, 하고 동생은 잠시 뜸을 들인다.

"하지만, 언니가 잘 지낸다는 건, 길에 어긋나는 거야."

"길?"

나는 그에 대해 생각해 본다. 동생은 상관 않고 계속해 말한다.

"언니는 고독하잖아."

마치, 내가 그런 것조차 모르고 있다는 듯이.

"왜 그래? 대학원생하고 잘 안 되니?"

동생은 대꾸하지 않는다. 그러고는,

"어차피 언니는 애인하고 잘 되어 간다고 그러겠지. 늘 그러니까."

하고 말했다.

"사실이 그러니까."

나는 대답하고, 도시무라에 갔던 얘기를 했다. 둘이서 꼭 껴안다시피 하고서 별을 올려다보았고, 애인이 얼마나 멋지게 운전을 하는지. 그리고 운전하지 않을 때는 손을 꼭 잡고 있었다는 얘기를. 어둠의 깊이와, 물소리를. 그리고 그곳에서 보았던 무수한 별을.

"그래서?"

동생은 불쾌한 목소리로 말한다.

"그래서, 언니는 행복해?"

내가 행복하다고 대답하자, 동생은 한숨을 쉬고는,

"그러니까 옳지 않다는 거야."

하고 다시 한번 말했다. 나는 화제를 바꾸고 싶었다. 그래서,

"얼마 전에 흉터를 봤어."

라고 말해 보았다.

"정말?"

순간, 동생은 발랄한 목소리로 묻는다.

"살아 있었네. 다행이다."

"여전히 몸은 탄력 있더라. 금색 눈으로 나를 가만히 쳐다보았어. 다가오지는 않았지만."

우리는 잠시 흉터를 칭찬했다. 그의 생명력을, 그의 고상함을.

"그 인간 말이야."

동생이 툭, 말을 꺼냈다.

"매주 토요일에는 연구실에서 지낸다고 했는데, 거짓말이었어. 그 여자 방에 있었더라고."

"저런."

나는 동생이 가여웠지만, 어떻게 해 줄 수 없는 일이란 것도 알고 있었다. 사랑에 빠진 사람은, 아무도 도울 수 없다.

"그래서, 어떻게 했는데."

막 욕했지 뭐, 라고 동생은 말했다.

"욕하고, 신발도 내던지고, 무릎 덮개로 얼굴을 쳤더니, 안경이 날아갔어."

"저런."

나는 다시 한번 말했다.

"용감하네."

"아직도 기분이 덜 풀렸어."

동생이 말했다.

동생은 어렸을 때부터 성격이 곧았다. 곧고, 그리고 청결했다.

"너, 길이란 말을 했는데."

나는 말했다.

"길이 있다고 생각하는 것 자체가 착각이야. 인생은 황야니까."

"히스클리프?"

동생이 말을 돌린다.

"그래, 폭풍의 언덕."

동생은 잠시 생각하고서. 하지만, 하고 말했다.

"하지만, 샛길이란 게 있잖아. 모두가 다녀서 자연스럽게 생긴. 좀 더 걷기 쉬운 길이 분명히 있잖아."

나는 그만 웃고 만다.

"그건 그렇지."

대답하고서, 생각한다. 나는 기껏 태어났으니, 스스로 샛길을 만들고 싶다고.

"둘이 한번 놀러 와."

나는 말했다.

"잘 있어."

동생이 말했다. 너도, 라고 말하고 우리는 전화를 끊었다.

34

아빠와 엄마가 나오는 꿈을 꿨다.

꿈속에서 그들은 즐거워 보였다. 집은 해변에 있는 것 같았다. 집 안에 잠자리들이 잔뜩 날아다녔다. 아빠는 러닝셔츠과 회색 바지 차림이었고, 엄마는 정장 차림이었다. 황록색 투피스 속에 검은 실크 탱크톱. 살아 있을 때 파티 같은 데 즐겨 입고 가던 차림이었다. 그곳에서 나눈 대화는 기억나지 않는다. 바람이 살랑살랑 불었다. 꿈속에서 나는 쉬고 있었다. 동생은 등장하지 않았다. 그곳은 그녀가 와야 할 곳이 아니었다.

눈을 뜨자, 나는 아빠와 엄마가 나를 기다리고 있는 듯한 기분이 들었다. 그러니까 언제든 안심하고 그곳에 가도 괜찮다는.

하루하루 공기가 눅눅해진다. 일은, 나로서는 정력적으로 해내고 있다. 고전을 소재로 그림을 그려 보지 않겠느냐는 제안이 있어, 〈우게츠 이야기〉를 읽기도 한다.

나는 자고, 일하고, 산책하고, 목욕하고, 그리고 또 잔다.

가끔 애인이 찾아온다. 우리는 음악을 듣고, 밥을 먹고, 사랑을 나누고, 또 만나자는 말을 하고 헤어진다.

내 생활은 평화롭고, 안정되어 있고, 덜한 것도 더한 것도 없다.

카스텔라.

어제저녁에, 동생의 애인이 찾아왔다. 고양이들에게 줄 마른 멸치와 카스텔라를 들고. 카스텔라는 누구에게서 받은 것이라고 한다. 받은 것이지만 연구실에 과자가 남아돈다고. 나는 오래된 것 같으면 먹고 싶지 않아서, 얼른 포장지에 찍힌 유통기한을 보았다. 카스텔라는 새 것이었다. 새로 받은 것인지도 모르겠다. 그리고 어쩌면 받은 것이란 말은 거짓말이고, 일부러 사 온 것인지도 모른다. 어느 쪽이든 내게는 상관없는 일이었다.

"차와 사이다, 어느 쪽 마실래요?"

사이다, 라고 그가 대답했다. 나는 사이다를 따라 주었다.

"일하고 있었나요?"

나는, 네, 하고 대답했다. 책을 읽고 있었지만, 그와는 무관한 일이다.

"여기는, 늘 조용하군요."

대학원생이 말했다.

"음악 틀어 줄까요?"

나는 에머슨 레이크 앤 파머의 〈전람회의 그림〉 CD를 세팅했다. 애인에게서 받은 CD다. 나의 애인은 1970년대 음악에 밝다.

"이 곡, 유쾌한 기분이 들어요."

나는 말했다.

"갖가지 악기 소리가 나서, 북적북적하기도 하고."

"호오."

별 관심 없다는 듯이 대학원생은 대꾸했다.

처음 이 앨범을 들었을 때, 나는 애인에게 이거 무슨 악기인데? 하고 몇 번이나 물었다. 이건 파이프 오르간이고, 또 이건 하프시코드 같은데 맞아? 그때마다 애인은 웃으면서, 신시사이저야, 라고 대답했다.

대학원생은 몹시 거북해 보였다. 그래서 난감해진 나는,

"고양이 보러 갈래요?"

하고 물었다. 그는 고개를 끄덕였다.

하지만 고양이는 한 마리밖에 다가오지 않았다. 그것도 그가 좋아하는 얼룩이가 아니라, 절륜이었다.

"다들 외식하러 갔나 보네."

내가 말했다. 그는 또 고개를 끄덕였다.

절륜은 신이 나서 마른 멸치를 먹었다. 우리는 정원에 서서 그 모습을 바라보았다.

"내 동생, 좋아해요?"

나는 물었다. 대학원생은 표정 하나 바꾸지 않고,

"네."

라고 대답했다. 발치에 있는 절륜을 내려다보면서. 달리 묻고 싶은 것은 없었다. 우리는 다시 집으로 돌아왔다. 그리고 동생의 연인은 돌아갔다.

35

애인과 스페인 음식점에 식사하러 왔는데, 느닷없이 플라멩코 쇼가 시작되었다. 기타를 치며 노래하는 남자가 한 명, 여자 무희가 둘, 약간 나이를 먹은 사람들이었다. 여자 둘은 검은 바탕에 하얀 물방울무늬 옷과 빨간색 옷을 입고 있었다. 둘 다 짙게 화장한 얼굴을 찡그리고 춤을 췄다. 땀을 비 오듯 흘리면서.

쇼를 하는 동안, 어두운 조명 아래서 애인은 내게 사랑의 말을 속삭였다. 우리는 무릎과 무릎을 맞대고, 손을 잡고, 와인을 몇 잔이나 마셨다.

"여름휴가는 어디로 갈까?"

이제 막 봄이 되었는데, 애인이 묻는다.

"어디든."

이라고 나는 대답했다. 우리의 여름휴가. 지금까지 많은 장소에 갔다. 필리핀, 캄보디아, 캐나다, 애리조나. 우리는 둘 다 회사에 다니지 않아서 비교적 시간에 자유롭고, 나의 애인은 비교적 돈이 있다. 우리는 어디든 갈 수 있다.

내가 '갇혀 있다'고 느끼는 것을, 애인은 부당하게 여길지도 모르겠다.

"아주 더운 데로 갈까?"

애인이 말한다.

"너무 더워서 밖에 나가고 싶지 않아, 종일 방에서 꼭 끌어안고만 있을 수 있게."

"좋은데."

나는 대답한다.

"섹스도 실컷 하고."

라고. 우리는 키스를 나눈다. 쇼 따위는 다른 사람들이나 보라 하고. 뜨거운 양송이버섯과 마늘과 레드 와인 냄새가 나는 키스를.

깊은 밤, 욕조에 몸을 담그고 있는데, 절망이 찾아온다.

"즐거운 밤이었나 보군."

절망은 그렇게 말하고, 내 몸을 내려다본다. 욕조에 담긴, 하얀 중년의 몸을.

"손수건 브래지어 기억해?"

절망이 물었다.

"레스토랑에 가면, 손수건 가지고 놀았잖아?"

옛날에 레스토랑은 따분한 장소였다. 어른들은 식사하는데 시간이 걸리니까, 내게는 시간이 넘쳤다.

"그런데 지금은 손수건 대신, 남자의 입술로 따분함을 달래고 있군."

오늘, 절망은 심술궂다.

"그만해."

나는 작은 소리로 말한다.

"그만 가."

하지만 절망은 가지 않는다. 거기에 가만히 웅크리고 있다. 나도 가만히 있다. 차가운 타일 벽 욕실의 따스한 수증기 속에서.

나는 여기에 애인이 있어 주었으면 하고 바랐다. 여기에 애인이 있어서 내게, 당신은 괜찮아, 하고 말해 주었으면 하고 바랐다. 당신은 이미 어린아이가 아니야, 라고 말해 주기를 바랐다.

그러니까 다 괜찮아, 하고. 당신은 이제 외톨이가 아니라고.

36

나와 애인은 7년 전에 처음 만났다. 전시회장에서, 애인은 그림을 한 장 사 주었다. 나는 고맙다고 말했다. 우리는 그 작은 화랑, 한구석에 놓인 테이블에서 다시마차를 마시면서 그림 얘기를 했다. 애인은 솔직한 말투에, 말 한 마디 한 마디가 올바른 무게와 울림을 갖고 있었다. 유럽 그림에도 일본 그림에도, 꽤 지식이 많은 듯했다.

애인은 한 비평가의 이름을 들먹이며, 그 비평가가 내 그림에 대해 쓴 글을 비판했다. 그리고, 당신의 그림은 단순히 회화적이죠, 하고 말했다. 그것은 내가 그 비평가의 글을 읽었을 때―호의적인 글이었지만―하고 싶었던 말이었다.

애인은 벨라스케스를 좋아한다고 말했다. 그리고 피카소를. 양쪽 다 내가 좋아하는 화가는 아니었지만, 그날 그가 사 준 그림은 전시회에 출품한 모든 그림 가운데, 내가 가장 좋아하는 것이었다.

우리는 두 시간이나 얘기를 나눴다. 나중에, 그러느라고 애인은 그날의 약속 하나를 취소했노라고 했다.

아는 사람이 찾아올 때마다, 나는 의자에서 일어나 인사를 하고, 공치사를 듣고, 와인과 꽃다발을 받고, 기념사진을 찍었다.

"아, 이거 너무 오래 있었나 보군."

애인이 그렇게 말하면서 자리에서 일어났을 때, 아쉬웠던 기분을 기억한다.

"프랑스 좋아합니까?"

전시회장에서 나가면서, 애인이 그렇게 물었다. 내가, 네, 하고 대답하자,

"그럼, 다음에 프랑스에 같이 가죠."

라고 말했다.

두 달 후, 우리는 정말 프랑스에 갔다. 나는 귀국하자마자 공항에서, 그때 사귀던 남자에게 전화를 걸고 헤어졌다. 통화를 하는 내내, 애인과 한 손을 잡고 있었다.

"내가 기억하는 한."

거푸 섹스를 한 후, 침대에 나란히 누워 나는 애인에게 말했다.

"내가 기억하는 한, 나는 당신을 처음 만났을 때 이미 사랑에 빠졌어. 어떻게 그럴 수 있었는지는 잘 모르겠지만, 한눈에 반한 것도 아니고, 그냥 당신을 처음 만났을 때, 이미 당신을 사랑하고 있었어."

"그건."

애인은 내 목 아래서 팔을 빼내고, 몸을 돌려 등을 보이고는 바닥에서 담뱃갑을 집어 들었다. 그리고 한 개비를 꺼내 입에 물고서, 대답했다.

"사실이 그랬던 거야."

담배를 물고 있는 탓에, 애인의 목소리가 분명치 않다. 라이터에 불이 켜지는 소리, 종이가 푸스스 타들어 가는 소리. 애인은 담배 연기를 길고 깊게 토해 낸다.

"처음 만났을 때, 우리는 이미 사랑하고 있었어."

"모든 게 이미였네."

슬픔을 담아, 나는 그렇게 말했다. 만났을 때, 애인에게는 행복한 가정이 있었다.

"그렇지."

애인은 가시를 깨닫지 못하고, 부드럽고 달콤하게 말하고 내
볼에 입맞춤한다.

"그리고, 나는 갇히고 말았어."

애인은 다시 한번, 그렇지, 라고 말했다.

"우리는 갇혀 버렸어."

라고.

"정말?"

나는 물었다. 정말 당신도 갇힌 거야?

애인은 뭐가 '정말?'인지 몰라, 강한 눈빛만으로 되물었다.

"허브차 끓일게."

나는 애인에게 키스하고, 가운을 걸치고 부엌에 간다. 그리고
주전자에 물을 담아 불에 올려놓는다.

나는 지금 막, 애인을 의심한 자신에게 놀라 흔들리고 있다. 완
벽하게 믿지 않으면, 사랑에 의미 따위는 없다는 걸 알고 있었다.

포트에 허브 잎을 넣고 잔을 꺼내 놓는다. 주전자가 수증기를
내뿜기 시작한다.

나는 공포를 느낀다. 완벽하게 믿는 것이 유일한 무기였다. 유
일한, 그리고 무적의.

주전자에서 수증기가 뭉글뭉글 피어오르고 있는데, 나는 불을

끌 줄 모른다.

37

어렸을 때, 나는 공작을 싫어했다.

원래 서툴기도 하거니와 풀이 손에 묻으면 불쾌하고, 골판지가 똑바로 잘라지지 않으면 화가 났다. 특히 합판을 자르는 전동톱은 딱 질색이었다. 그것을 사용하는 날에는 꾀병을 부려서라도 학교에 가지 않았다.

그림을 그리는 것은 좋았지만, 미술 시간은 싫었다. 본 대로 그려라, 자유롭게 그려라, 하는 선생님의 말도 짜증이 났다. 본 대로 그릴 수 없었으니까.

그리고 도구를 잘 챙기지 않아, 물감이 굳어 뚜껑을 여는 데도 늘 애를 먹었다. 뚜껑을 이로 깨물고 튜브를 돌린 일도 있었다.

그렇게 하면 열릴 때도 있었지만, 열리지 않는 때도 있었다. 튜브가 뒤틀려, 갈라질 뻔한 일도 있었다. 그런 일 하나하나에 나는 치를 떨었다.

까다로운 아이였는지도 모르겠다.

그 무렵의 사진 속 나는, 키가 작고, 머리는 길고, 어쩔 줄 모르는 표정을 짓고 있다.

아빠가 긴 머리를 좋아했다. 그런데도 머리에 대해서는 몹시 엄격해서, 조금이라도 엉켜 있으면 고함을 질렀다.

"잘라!"

평소에는 자르지 말라면서, 화가 나면 금방 고함을 질렀다. 빗이 사르륵 흘러내려야지, 라고 말하곤 했다.

엄마는 웃으며 나를 감싸 주었다.

"아직 어리잖아."

엉킨 내 머리를 손가락으로 빗어 내리고, 아콰마린색 기름을 발라 풀어 주면서.

"얘 머리는 거미줄처럼 가늘고 힘이 없는데 어쩌겠어."

나는 지금도 머리를 길게 기르고 있다. 미용실을 싫어하는 탓도 있고, 자라는 대로 내버려 두는 탓도 있다. 일을 할 때는 땋거나 묶는다. 그리고, 아빠가 보면 불같이 화를 낼 만큼, 늘 여기저기 엉켜 있다.

　오후.

　나는 아틀리에에서 책을 읽고 있다. 봄 햇살이 비치는 아틀리에에서.

　애인은 어제, 일 때문에 여행을 떠났다.

　여드레간, 애인은 나의 세계 어디에도 없다. 애인의 부재에 이 거리의 모습이 바뀌고, 내 모습이 바뀐다. 나는 외로움을 느끼지 않는다. 어제까지의 나는 애인과 함께 어디론가 떠나고 말았다. 여기에 있는 것은, 애인을 만나기 전의 나다.

　나는 해방된 기분이다. 하지만 그 해방은 자유가 아니라, 작은 죽음 같은 것이다.

　아틀리에에서는 아틀리에 냄새가 난다. 나는 그 냄새를 좋아한다. 그것은 물감 냄새도 아니고, 약제 냄새도 아니다. 그런 냄새들도 포함되어 있지만, 캔버스의 나무틀 냄새가 한결 강하다. 물기 없고, 싱그러운 냄새다.

　정신적인 냄새. 그것은 흔들림이 없고, 늘 고립되어 있다. 나와 애인은 이 방에서 술을 마신 적도 있고, 사랑을 나눈 적도 있다. 그러나 사랑도 애인도, 이 방의 공기에는 영향을 미치지 못한다.

저녁때, 나는 영화를 보러 나갔다. 영화를 본 후, 혼자서 간단히 식사를 하고 돌아와, 목욕을 하고 곧 잠자리에 든다.

화구상이 찾아와, 라피스 라줄리를 부순 군청색 가루와 금박 같은, 평소 내가 사용하지 않는 재료를 보여 주었다. 화랑 오너가 지시한 모양이다. 나는 그것들의 아름다움에 황홀했지만 사지는 않았다.

화구상은 내 친구의 이름을 꺼내며,

"그분은 요즘 그림을 안 그리시나요?"

하고 물었다. 나는 그 친구와 벌써 몇 년이나 만나지 않았다. 그러고 보니 요즘은 전시회 팸플릿도 통 오지 않네, 하고 생각했다.

화구상은 장년의 여자로, 몸집이 작고 다소 살이 쪘다. 가무잡잡한 피부에, 화장기는 없다.

"어머님이 돌아가신 지, 벌써 몇 년이죠?"

가벼운 얘기나마 나누고 싶은지, 그녀는 그런 말까지 했다. 곧 5년이에요, 하고 대답하자, 화구상은 고개를 끄덕였다.

"참 아까운 분이었어요. 한창 젊은 나이에."

나는 모르겠다. 아까웠는지, 엄마가 좀 더 살고 싶어 했는지.

죽음.

애인이 없을 때, 내게 그것은 아직은 먼일처럼 생각된다.

38

"요즘 바빠?"

동생이 물었다. 우리는 긴자에 있는 과일 디저트 카페에 있다. 손님이 많아 시끌시끌하다.

"그래, 좀 바빠."

동생은 고개를 끄덕이고는,

"언니 같은 사람은, 바쁜 게 나아."

하고 말한다.

"그러니?"

그래, 하고 단언하는 동생은 거대한 쇼트케이크를 먹고 있다. 대학원생과 화해해서 기분이 좋은 것이다.

우리는 영화를 보고 나온 길이다. 페넬로페 크루즈가 출연한 영화다. 나와 동생은 그 배우를 좋아한다.

"언니가 집 떠나던 날, 기억나?"

동생이 불쑥 물었다.

"어떤 남자를 좋아해서, 그 남자와 산다면서 나갔던 날."

먼 옛날 일이지만, 물론 나는 기억하고 있다.

"그때, 언니가 나가고 나서 엄마가 뭐랬는지 알아? 괜찮아, 곧 돌아올 테니까, 라고 했어."

동생의 눈은 미소를 머금고 있다. 엄마를 떠올리고 있는 것이다.

"그 남자와 얼마나 사귀었어?"

이 년, 이라고 나는 대답했다. 정확하게는 26개월이다.

"그런데 언니는, 그 남자와 헤어지고 나서도 돌아오지 않았어."

우리는 창밖을 본다. 신사복 가게의 쇼윈도와 은행 간판, 그리고 네거리가 보였다.

그때는 이미, 집이란 내가 돌아갈 곳이 아니었다.

"대학원생은 오늘도 연구실이니?"

토요일. 마지막 남은 쇼트케이크 한 조각을 입에 넣으려던 동

생은,

"응."

이라 대답하고, 내 얼굴을 똑바로 쳐다본다.

"그렇게 보지 마."

"가지 말라고 부탁해도 가니?"

동생은 눈썹을 추켜올린다.

"왜 내가 그런 부탁을 해야 돼?"

나는, 그래 네 말이 맞다, 하고 대꾸했다. 그리고 식어 버린 홍차를 마신다. 나는 마음 한구석으로, 동생이 대학원생에게 가지 말라고 했으면 좋았을 텐데, 하고 느낀다. 어쩌면 그것은, 피아노를 배우지 못한 엄마가 자기 딸에게 굳이 피아노를 배우게 하는 심리와 닮았는지도 모르겠다.

밤. 나는 방에서 모차르트를 들으며 오랜만에 밤을 새우고 있다.

20여 년 전, 페터 슈라이어의 지휘로 드레스덴에서 녹음된 레퀴엠이다. 나는 막 목욕을 하고 나와 온몸에서 샤워 코롱 향이 풍기고, 기분이 좋다.

애인의 기척이 없을 때, 이 방에 어린 나는 존재하지 않으니까. 절망도 그 모습을 보이지 않는다. 지금 나의 마음은 차분하다.

일을 하고 싶다고 생각한다. 가장 최선의 일을 하고 싶다고. 그
것은 내게 남은 단 하나처럼 여겨진다. 단 하나의, 그리고 그것으
로 충분한.

나는 소파에 누워 눈을 감고 있다. 하지만 이대로 죽어도 상관
은 없다고, 정말 그렇게 생각한다.

39

한낮에 현관 벨이 울려 문을 열었더니, 애인이 서 있었다. 나는 속으로 무척 놀란다. 망령을 본 듯한 기분이다.

"일이 일찍 끝나서, 하루 당겨서 돌아왔어."

라고 애인이 말한다. 나는 바로는, 믿지 못한다.

"보고 싶었어."

애인은 아주 현실적인 차림이었다. 두툼하고 실팍한 육체에, 베이지색 셔츠와 모스 그린색 재킷, 짙은 갈색 바지를 입고 있다. 손에는 여행 가방을 들고.

"나도, 보고 싶었어."

나는 간신히 그렇다는 것을 인정하고, 두 팔로 애인의 목을 껴안는다. 몇 초 동안 정신없이 서로를 껴안고 있었다. 애인의 살에, 희미하게 택시 냄새가 남아 있었다.

우리는 곧장 침실로 이동한다.

애인은, 이불 속에서 그 품에 나를 안으며 여행 얘기를 한다. 우리가 '방해꾼'이라고 부르는 서로의 옷을 완전히 벗은 후에.

앞뒤가 맞지 않지만, 나는 분명하게 다시는 만날 수 없다고 생각했다, 하고 느낀다. 다시는 만날 수 없다고 생각했다, 하고.

애인은 오늘은 자고 갈 수 있다고 한다. 나는 거의 혼란에 빠진다.

애인은 히라도라는 도시에 대해 얘기한다. 언덕이 많은 도시라고 한다. 좀 색다른 말린 생선도 먹었다고. 애인은 그 도시에, 앤티크 유리그릇을 사러 갔다.

우리는 저녁때가 되도록 침실에서 나오지 않았다.

"믿기지가 않아."

나는 몇 번이나 그렇게 말했다.

"당신을 다시 만나다니, 믿기지 않아."

라고.

그리고 갑자기 두려워진다. 나는 애인이 없음도 견뎌야 하고, 압도적인 행복과 함께 찾아오는 그의 존재도 견뎌야 한다.

우리는 동네 일식집에서 저녁을 먹고, 그다음 잠시 산책을 했다.

　"당신이 여행을 떠나고, 내가 여행을 떠나고, 그런 일이 지금까지 몇 번이나 있었는데."

　팔짱을 끼고 걸으면서 나는 말했다.

　"그럴 때마다 늘 처음인 것 같았어."

　애인은 히죽 웃고는,

　"알아."

　하고 말했다. 그리고 낮고 한없이 부드러운 목소리로,

　"어떻게 지냈어?"

　라고 물었다.

　"내가 그 항구 마을에서 당신이 그리워 울고 있을 때, 당신은 뭐 하고 있었는데?"

　하얀 목련이 활짝 피어 있었다. 애인의 말에서, 거짓은 느껴지지 않았다. 그런데 왜 외로웠는지 모르겠다.

　"보고 싶었어."

　나는 그렇게 말했지만, 그건 진심이 아니었다. 보고 싶었다는 느낌이 든 것은, 조금 전이다. 그때까지는, 그런 생각은 꿈에도 없었다. 아무렇지도 않았다. 애인 따위 만난 적도 없다고 생각하며 지냈다. 달리 방법이 없었다.

나는, 자신이 몹시 망가졌다는 것을 깨닫는다.

"저기 봐."

애인이 초승달을 가리킨다. 그것은 하얗고, 아주 청명하다. 밤공기는 달콤하고 촉촉하고, 애인은 걸으면서 내 볼에 입맞춤한다. 정종을 마신 탓인가, 애인은 기분이 좋다.

"더 가까이 와."

내가 말했다.

"당신이 멀리 가 버리면, 나는 다 잊어버리니까."

그 말의 의미에, 나 자신이 두려워진다.

40

애인과 헤어져야 하는지도 모르겠다.

요즘 문득 자신을 돌아보면, 그런 생각을 하고 있다. 나는 애인이 아닌 남자에게는 관심이 없지만, 애인과 살려 하면 갇히고 만다.

늦은 오후, 나는 부엌에서 샌드위치를 만들고 있다. 당장이라도 비가 쏟아질 듯한 날씨다. 날씨가 나쁜 날, 혼자 부엌에 있으면 불안하다. 어렸을 때부터 그랬다.

샌드위치를 만들 때, 나는 버터를 아주 듬뿍 바른다. 두툼하게 자른 햄을 끼고, 겨자를 얇게 바른다. 양상추는 넣지 않는다. 빵이 눅눅해지니까.

물을 잘 털어 내면 괜찮아, 하고 애인은 말한다. 애인의 말이 아마 옳으리라. 하지만 나는 양상추는 넣지 않는다. 잘라서 접시에 담아 그냥 먹는 편이 합리적이라고 생각한다.

나는 홍차를 우려, 홍차와 샌드위치를 들고 베란다로 나간다. 베란다는 복작복작하게 어질러져 있다. 문턱을 넘을 때, 나는 올리브 빈 병에 걸리지 않게 조심해야 했다. 애인과 먹었던 올리브.

베란다는 전망이 별로 좋지 않다. 도로와 자동차와 다른 집과 낮은 건물. 후끈한 공기는 벌써 물기를 품고 있다.

나는 어제의, 광기 어린 섹스를 떠올린다. 애인의 손가락과 입술과 어깨와 허벅지와 장딴지를, 그의 피부가 지닌 냄새를. 그리고 베개 위에서 눈을 감은 채 고개를 반대쪽으로 돌리고 있는 애인의 멋진 턱선을. 우리는 때로 미친 듯이 섹스를 한다. 나는 애인을 만나기 전에는 자신의 몸이 그렇게 될 수 있다는 것을 몰랐다.

그리고 산책을 했다. 깊은 밤, 공기가 맑고 시원했다.

"언젠가 마요르카섬에 살게 되면."

애인은 마치 밤처럼 부드럽고 차분한 목소리로 말했다.

"매일이 이렇게 풍성하겠지."

그것은 행복한 말이었다. 우리는 손을 마주 잡고, 천천히 걸었다. 나는 전에 애인이 해 준 마요르카섬 얘기를 무척 좋아한다.

"풍성하다는 건 나쁜 일이 아니야."

나는 말했다. 달콤한 목소리를 가장했지만, 오히려 짜증이 나기 시작했다. 왜 풍성할 수 없는지 알 수 없었다. 왜 마요르카섬에 가는 날이 오지 않는지 알 수 없었다.

"당연하지."

애인은 미소가 담긴 목소리로 대답한다.

"당연히 나쁜 일이 아니지. 당신만 있으면 나는 충족되니까."

이제 막다른 골목, 이라고 생각한다. 늘 여기까지 오고 만다. 나는 쿡쿡 소리 내어 웃고는, 걸음을 멈춘다. 애인도 따라서 걸음을 멈춘다. 나는 애인의 목을 껴안는다.

"알아. 우리는 이미 풍성하게 충족되어 있다는 거."

귓가에 속삭이자, 애인도 조그맣게 웃었다.

"옳은 말씀."

"그리고 우리는 갇히고 말았어."

"옳은 말씀."

짜증이 밝음으로 자리바꿈한다.

"알아."

나는 다시 한번 말하고, 또 쿡쿡 웃는다. 큰길로 나오자 애인은 택시를 잡아타고 돌아가고, 나는 밤길에 홀로 남겨졌다. 홀가분하고 슬픈 기분으로.

비가 내리기 시작했다.

베란다에는 지붕이 있어서, 나는 한참이나 그곳에 앉아 베란다 난간과 테이블 끝에 떨어지는 먼지 냄새 나는 빗방울을 보고 있다.

늦은 오후, 오늘 내가 먹는 첫 식사인데 나는 샌드위치를 거의 남기고 만다. 따끈한 홍차가 목을 지나 싸늘한 몸에 담기고, 나는 그것에 안심한다.

애인과 헤어져야 하는지도 모른다.

아까부터 계속 그 생각에 사로잡혀 있다.

41

프랑스 캐러멜.

어렸을 때, 그런 이름의 과자가 있었다. 나는 그 과자를 좋아했다. 약간 길쭉한 상자에 들어 있었다. 한 상자에 밀크, 초콜릿, 커피, 이렇게 세 가지 맛 캐러멜이 들어 있었다. 상자에는 프랑스 국기 같은 모양이 그려져 있었는데, 파랑과 하양과 빨강이 아니라 밝은 하늘색과 하양과 분홍이었다. 그 가운데에 서양 인형을 닮은 소녀의 얼굴이 그려져 있었다.

그 캐러멜. 한 상자만 있어도 그냥 행복했다. 앞일은 너무 허황해서 걱정도 되지 않았다. 동생은 갓난아기였고, 내 옆에 애인은 없었다. 그래서 캐러멜이 있으면 좋았다. 그때 캐러멜은 정말 나의 것이었다.

저녁, 예정보다 빨리 생리가 나와, 나는 절망적인 기분에 젖는다.

42

동생과 대학원생이 같이 놀러 왔다. 우리는 셋이 식사를 했다. 애인이 없어서, 대학원생이 음식을 만들었다. 냉장고를 열어 보고는,

"정말 아무것도 없군요."

하더니, 혼자 밖에 나가 인스턴트 우동을 사 와서 볶아 주었다. 우동에 콘비프가 들어 있었다.

대학원생이 먹을거리를 만드는 동안, 동생은 내게 사진을 보여 주었다. 동생과 대학원생이 여행지에서 찍은 사진이다. 둘 다 혼자 여행하기를 좋아해서, 처음 만난 곳도 여행지였다. 외국 여행보다 국내 여행이 좋단다.

사진은 그렇게 많지 않았다. 대부분 동생이나 대학원생이 혼자 찍힌 사진이고, 둘이 찍은 사진은 두 장밖에 없었다.

사진 속 그들은 그리 즐거워 보이지 않았다. 둘 다 찌뿌둥한 표정에, 엇비슷한 산길에서, 달리 할 일이 없다는 듯 멀뚱하게 서 있다.

하지만 그것은, 가슴 뭉클해지는 사진이었다.

"둘 다, 정말 어린아이 같아 보인다."

나는 감상을 말했다.

"신슈에는 나도 한번 가 보고 싶었는데."

동생이 말했다.

그 밤, 우리는 셋이 와인을 두 병 마셨다. 움브리아 레드 와인으로, 나와 애인이 좋아하는 와인이다.

저녁을 먹은 후에는 음악을 들었다. 콜트레인이다. 콜트레인의 〈MY LOVE AND ONLY LOVE〉은 무척 감미로운 곡이다.

"종종 음식도 만들고 그래요?"

내가 묻자, 대학원생은 "가끔."이라고 대답했다.

문득, 대학원생이 맨발이라는 것을 알았다. 어디에도 양말이 보이지 않아, 또 바지 주머니에 쑤셔 넣었나 보다고 생각했다.

동생은 기분이 좋았다. 같은 회사에 다니는 좀 유별난 여자 애기를 했다. 그 여자는 일을 하면서도 한 손으로 아령을 들고 운동을 한단다. 점심시간에는 도시락을 먹으면서 책을 읽는데, 오늘은 〈수 언니Sister Sue〉란 책을 읽었다고 한다. 대학원생도 간혹 대화에 끼어들었다. 요즘 한 소설을 재미있게 읽었는데, 제목은 잊었지만 짧고 극단적으로 대사가 없고, 주인공 남녀가 섹스를 할때 여자가 자기 팬티를 남자에게 가위로 잘라 달라고 하는 얘기란다.

와인을 마시면서, 그런 얘기를 나눴다.

나는 어쩌 우리 셋이, 아주 기묘한 세 마리 동물인 듯한 기분이들었다. 전혀 다른 종의 독특한 동물인 듯한.

그리고 우리는 베란다로 나갔다. 바람을 맞으며 술기운을 지운 다음 동생과 대학원생은 돌아갔다. 왔을 때처럼, 둘이 같이 현관에서 구두를 신고, 또 올게, 하고는 나갔다.

또 다른 밤.

나는 공원에서 비둘기 사체를 발견한다. 비둘기는 더럽고 비참했다. 배가 터지고, 굳은 피가 엉겨 붙어 있었다. 날개 끝은 젖은 것처럼 거무죽죽했는데, 바짝 마른 것처럼 보이기도 했다.

나는 한참이나 그것을 바라보았다. 사체는 가로등 바로 밑은 아니어도, 가로등 불빛이 어렴풋이 닿는 장소에 있었다.

죽음.

그것은 늘 나를 유혹한다. 이렇게 돌이킬 수 없는 모습으로, 길 바닥에서 죽을 수 있기를 동경한다.

방으로 돌아와, 나는 천천히 목욕을 한다. 욕조 속에서 나는, 나른하고 느긋하다. 건강하고, 살짝 지방이 긴 하얀 육체. 나는 내가 살아 있다는 것을 새삼스레 실감한다. 그리고 살아 있는데, 앞이 가로막혀 있다는 것도.

5월.

나는 저항하고 있다. 갇혀 있음에, 또는 죽은 것처럼 살아 있음에.

하지만 애인이 나타나면, 나는 단박에 모든 것을 잊어버린다.

"보고 싶었어."

애인은 늘 그렇게 말한다.

"나도 보고 싶었어."

나도 늘 그렇게 대꾸한다.

"당신이 없을 때, 나는 죽어 있어."

나는 호소한다.

"나도 죽어 있어."

애인은 간단한 일인 것처럼, 그렇게 대답한다. 소파에 누워, 이리 와, 하고 말하면서 두 팔을 뻗는다. 나는 그곳에 몸을 묻는다.

우리는 딱 들러붙은 채, 꼼짝하지 않는다. 나는, 내가 '고통스럽다'고 말하는 것을 애인이 알고 있다는 것을 안다. 애인은 손과 발의 모든 신경을 부드럽게 벼르고, 나의 몸에서 '고통'을 없애 주려 한다. 창문으로 살랑거리는 바람이 들어온다. 우리는 그렇게 기다린다. 어떻게든 지나 보내려 한다. 애인의 몸은 무수한 말로 달래듯 내 몸을 안아 준다.

나는 마침내 부끄러워진다. 그래서 몸을 일으키고, 애인의 이마에 입맞춤한다. 그의 '치료'에 대한 답례로.

애인은 내 눈을 쳐다보고, 내가 분별력을 되찾았다는 것을 안다.

43

    화랑 오너와 올 전시회를 위해 미팅을 가졌다. 올해는 데생전을 하기로 했다. 고전을 소재로 한 그림으로 전시회를 갖기에는 시간이 너무 촉박하다. 내년도 알 수 없다고 말했더니, 오너는 웃으면서 알고 있었다고 한다. 서두르지 말고 천천히 그리는 게 좋다면서.

    그 대신이라고 하기는 좀 뭐하지만, 이라고 서두를 꺼내고서, 오너는 내게 전문학교 강의를 맡아 달라고 한다. 젊은이들과의 만남이 틀림없이 좋은 자극제가 될 것이라면서.

    나는 나의 학창 시절을 떠올린다. 학생인 나는, 지금의 나를 별로 만나고 싶어 하지 않는다. 지금보다 돈도 없고, 지금보다 의심도 많았다. 소탈한 옷차림에, 일부러 안색이 나빠 보이게 화장했다.

나는 나중에 미용사가 된 친구를 떠올린다. 새빨간 립스틱을 바르고, 골루아즈를 피웠던 그녀를. 그리고 같은 화실에서 그림을 그렸던 사람들의 얼굴도 몇몇 떠오른다. 안전핀을 좋아해서, 입고 있는 옷 여기저기에 안전핀을 꽂고 다녔던 여자, 가업을 잇지 않고 화가가 되겠노라고 해서 집에서 쫓겨났고, 그런 자신을 자랑삼았던 남자.

지나간 일. 그것은 내게 거의 소설처럼 먼 일이다.

"이렇게나마 그림을 그리며 살 수 있다는 것을 하느님께 감사해요."

내가 그렇게 말하자, 오너는 미소를 지으며,

"나도 감사하지."

하고 말했다.

그리고 또, 여름이 온다.

나는 불현듯 마음이 동해서, 방의 커튼을 모두 세탁한다. 일 년 이상이나 빨지 않았다. 커튼은 무거운 태피터 천이어서, 커다란 창문에 걸린 것은 세탁기에 다 들어가지 않는다. 그런데도 나는 억지로 밀어 넣고 세탁기를 돌린다. 세탁소를 싫어해서, 어떻게 든 물에 빨고 싶은 것이다.

애인이 있는 날에는, 욕조에 물을 받아 같이 빨 수 있다는 것은 알고 있다. 우리는 과거에도 몇 번이나 그렇게 커튼을 빨았다. 티 셔츠와 팬티만 걸친 모습으로, 온몸이 물에 젖도록 장난을 치고 거대한 천과 격투를 벌인다. 그것은 중노동이었다. 신나고 달콤 하지만, 지치는 작업이었다.

그러나 오늘 나는 세탁기에 커튼을 빨고 있다. 커튼은 먼지를 한껏 먹어, 한번 빨아서는 깨끗해지지 않는다. 억지로 밀어 넣은 탓에 주름지고, 그 주름 사이에 낀 먼지는 남아 있다. 나는 그 무 거운 천을 일단 꺼냈다가 다시 밀어 넣고 세탁기를 돌린다.

좀 더 얇은 면 커튼을 달면 좋았잖아, 하며 애인이 웃은 적이 있다. 하지만 나는 빨간 머리 앤의 방처럼 아담한 방에서는 살 지 못한다. 그런 성격이다. 그런 나를 애인은 아마 이해하지 못 하리라.

온 집 안의 커튼을 세탁하고 나자, 벌써 저녁때였다. 커튼은 주 름져 주글주글하고 무거웠다. 하지만 나는 아랑곳하지 않고 그 대로 레일에 건다. 저녁 햇살 속에서.

나는 만족한다. 열린 창문으로 바람이 드나들어, 온 방에 청결한 냄새가 난다.

엄마.

엄마는 옛날에 딸들에게, 사람은 자기 좋은 대로 살 수 있어, 하고 몇 번이나 말했다. 나는 그럴 수 있다는 것은 좋은 일이라고 생각했다. 기쁜 일이라고.

아마도 모든 것은 이어져 있으리라. 엄마의 어린 딸들은 이미 어리지도 젊지도 않은 여자가 되었다. 엄마의 가르침대로, 좋은 대로 살아야 한다.

"무슨 생각 하는데?"

이탈리안 레스토랑에서, 마주앉은 애인이 묻는다.

"당신."

나는 대답했다.

"왜 당신은 그렇게 아름다운지를 생각하고 있었어. 나, 이성을 잃었나 봐."

애인은 미소를 띤다. 아직 전채밖에 먹지 않았는데, 테이블에는 빵 부스러기가 널려 있다. 우리는 서로의 몸을 충분히 만끽한 후라서, 아주 배가 고프다.

"이성이 중요했어?"

애인이 물어, 나는 고개를 갸웃한다. 그리고,

"아니."

라고 대답한다.

"이성이 중요하다고 생각한 적 없어."

라고.

"다행이네."

애인이 말한다.

"그럼 이성 같은 거 계속 잃어버리고 있으면 되잖아."

그리고 듬직한 몸짓으로 캐비어 스파게티를 덜어 준다. 우리는 단박에 행복해진다. 이성 같은 거 계속 잃어버리고 있으면 되잖아. 그것은 내 귀에, 그저 단순한 허가로 들린다.

"안 놀라?"

나는 매끄럽고 차가운 스파게티를 포크에 둘둘 감아 입에 넣고, 화이트 와인으로 목을 적시고 말한다.

"뭘?"

되묻는 애인의 싱글거리는 눈빛에, 내가 할 말을 이미 알고 있다는 것을 안다.

"벌써 당신이 그리워."

"빨리."

애인은 그렇게 말하고, 유유자적하게 나를 보고는,

"남의 눈길 같은 거 신경 쓰지 말고, 빨리."

하고 채근한다.

44

어렸을 때, 시간이 무한하고 막막해서 고통스러웠다. 그 시절, 시간은 과연 무한했다.

피아노.

네 번째로 맞은 생일, 엄마 아빠가 피아노를 사 주었다. 그것은 검게 빛나고 아름답고, 뚜껑을 열면 특유의 냄새가 났지만 내가 원하는 소리를 내주지는 않았다. 소리는, 음악이 아니었다. 언젠가 내게도 음악을 연주할 날이 올 것이란 생각은, 언젠가 나도 나이를 먹고 늙을 것이란 생각만큼이나 비현실적이었다. 끝내 흥미를 못 붙였다. 피아노는 그냥 자리만 차지했다.

가령 여름 방학.

곧 여름이 끝난다는 단순한 사실조차, 사실로 믿을 수 없었다. 여름은 입을 쩍 벌리고, 정체 모를 불안과 나른함으로 그저 거기에 있었다. 한없이.

나는 앞날이라는 말 바깥쪽에 살고 있었다. 처음부터 내 의지와는 무관하게.

그것은 체력이 필요한 일이었다. 뭍이 없는 바다에서 혼자, 방향도 모르는 채, 이유도 목적도 없이, 헤엄칠 줄 모르는데 헤엄쳐야 하는 것과 같았다. 그리고 더욱 슬펐던 것은 나는 뭍이 있다는 사실조차 몰랐다는 점이다.

결국 무엇 하나 변하지 않았다고 인정할 수밖에 없다. 피아노와 맞닥뜨린 네 살짜리 나나, 병원 앞에서 지친 개와 닮았다고 생각한 여섯 살짜리 나나, 그림물감의 뚜껑을 이로 비틀었던 아홉 살짜리 나나.

인생에 절망한 것은 아니다. 그때부터 줄곧, 인생과 절망은 같았다.

어젯밤, 시험 삼아 다른 사람과 잤다.

어려운 일은 아니었다. 늘 애인과 그러듯, 내 침실에서 내 손으로 옷을 벗었다. 만난 지도 얼마 안 된 남자다. 얼굴은 잘 기억나지 않지만, 야위고 키가 큰 남자였다.

벌써 몇 년이나 애인이 아닌 남자와 잔 적이 없다. 그런 생각은 할 수도 없었고, 참을 수 없으리라고 생각했다.

익숙지 않은 남자의 몸은, 그저 신기하기만 했다. 나는 그것을 멀뚱하게 쳐다보고, 조심조심 만졌다. 그것은 낯선 거리를 걷는 기분과 비슷했다.

남자는 술을 조금 마셨지만, 나는 마시지 않았다. 의식은 구석구석까지 깨어 있었다.

하지만 그뿐이었다.

어젯밤에 있었던 일을 성교라고 한다면, 평소 나와 애인이 하는 것은 성교가 아니다.

끝나고 난 후, 나는 갑자기 허망해졌다. 남자가 빨리 돌아가 주면 좋겠다고 생각했다.

딱히 후회는 하지 않았다. 다만, 자신이 어리석은 짓을 했다는 생각이 들었다. 참가하고 싶지도 않은 운동회에서, 마지못해 청백전을 치르고 난 듯한 기분이었다.

45

나는 욕실에 플라스틱 의자를 들여놓고 책을 읽고 있다. 미국의 추리 소설로, 대학교수가 몇 명이나 등장한다. 리타와 프랭크는 법학부 교수고, 데니스는 이공학부, 로라는 언어학부 교수다.

바깥은 날이 화창하게 맑아, 창가에 놓인 화장품 병이 수증기와 햇살 속에서 예쁘다.

책을 읽으면서 나는 느긋하고 충족된 기분이다. 그것은, 자신은 여자 스파이라고 생각할 때의 안심감과 비슷하다. 바깥 세계만 거부하면, 안심과 충족을 얻을 수 있다.

나는 출가를 해야 하는지도 모르겠다.

하늘의 계시라도 되듯, 그런 생각이 떠올랐다.

"나, 출가해야 할까 봐."

나는 저녁때 찾아와, 소파에서 화이트 와인을 마시고 있는 애인에게 말했다. 애인은 눈썹을 추켜올리고 놀란 표정을 짓는다.

"왜?"

에어컨이 켜져 있어 실내 온도는 낮은데, 활짝 열어 놓은 창문으로 뜨뜻미지근한 바람이 흘러든다. 햇살은 이미 기울었지만, 한낮의 열기는 아직도 여운이 남아 있다.

"너무 욕심이 많아서."

나는 설명한다.

"아무리 사랑을 받아도 모자라니까. 사랑을 받으면 받을수록 부족해지니까. 끝이 없으니까."

애인은 웃었다.

"이리 와."

내민 팔을 나는 그저 쳐다만 보았다. 애인은 이상하다는 표정이다.

"왜 그러는데?"

진심이야, 하고 나는 말했다. 진심으로 그렇게 생각하고 있다고.

"이리 와."

애인은 다시 한번 말한다. 나의 애인은 팔 힘이 세다. 억지로 끌어안고 얼굴로 어깨를 짓눌러, 나는 숨을 쉴 수 없다.

"괜찮으니까 가만히 있어."

애인이 말한다.

"여기에 있어. 더 이상 올바른 장소는 없으니까. 생각해 봐. 도망치려고 하지 마."

나는, 자신이 그 말을 믿고 싶은지 거역하고 싶은지 알 수 없어 혼란스럽다. 애인의 어깨는 향기롭고 굳건하다. 탄력 있는 근육 아래, 아름다운 뼈가 있다는 것을 알 수 있는 어깨다.

당신, 불안정한 거야, 하고 애인은 말한다. 그리고 내 등을 부드럽게 쓰다듬으면서, 우리 둘 다, 여기서 도망칠 수 없어, 하고 말한다.

나는 하마터면 그 말을 믿을 뻔한다.

"당신, 나빠."

간신히 몸을 떼어 내고, 항의했다.

"몸을 사용하다니, 나빠."

하지만 그 말은 내 귀에 무의미하게 울린다. 몸보다 신뢰할 수 있는 것은 없다. 우리 둘 다, 이미 그렇다는 것을 알고 있으니까.

46

장마철인데 비가 오지 않는다.

후텁지근한 한낮, 나는 가을 학기부터 강의하게 될 학교를 찾아갔다. 내가 맡을 과목은 디자인이었다.

도시 한가운데 있는 학교였다. 배기가스와 먼지로 얼룩진 공기에 거의 동화된 듯한 인상이었다. 가로수 말고는 녹음도 없고, 좁은 계단을 올라가 유리문을 열고 들어선 로비는 어두컴컴하고 음울한 병원 같았다.

학생인 듯한 젊은이 몇 명이 쭈그리고 앉아 담배를 피우고 있었다.

그곳은, 내가 아는 어떤 학교와도 비슷하지 않았다. 비슷하지 않은데, 그 음울함은 기억에 있었다. 그리운, 이라고 해도 좋을.

안내 창구에 있는 여자에게 약속을 하고 왔다는 말을 전하면서 나는 또 어렸을 때 차 안에 있던 갈색 개의 얼굴을 떠올렸다.

모르는 사람과 대화를 나눈 탓인지, 집에 돌아오자마자 몹시 피곤했다. 우선은 샤워를 한다. 나는 자신이 가르치는 입장에 서려 한다는 것에 놀란다. 학생 시절에, 미래가 없는 중년 여성이라 여겼던 선생이 떠올랐다.

목욕 가운을 걸치고 소파에 털퍼덕 앉았는데, 전화벨이 울렸다.

"백합 보러 가자."

동생이 말했다. 이바라기현에 쉰 종의 백합을 볼 수 있는 곳이 있다고 한다. 동생은 대학원생과 전에 그곳에 간 적이 있는데, 그때는 모란이 피어 있었단다.

나는 그런 장소에는 흥미가 없지만,

"그래, 좋아."

하고 대답했다. 동생이 가자고 하면, 늘 그렇게 대답한다.

"언니 애인은?"

"물어볼게."

나는 전화기를 든 채 창가로 다가가 창문을 열고, 6시인데도 밝은 하늘을 바라보았다.

"아직 회사에 있니?"

"응. 이제 곧 끝날 거야."

나는 동생이 일하고 있다는 사실이 여전히 낯설다. 아빠와 엄마와 나의 꼬꼬맹이인데.

"건강하게 잘 지내. 끊는다."

동생은 언제나 그렇게 말하고 전화를 끊는다.

"너도."

그렇게 대답해 놓고는, 문득 생각이 나서,

"아, 그리고."

하고 말했다.

"이바라기현에는 전철 타고 가니?"

동생은 숨을 흘리는 것처럼 소리 내어 웃고는 낮은 목소리로,

"당연하지."

하고 대답했다. 그녀 역시 아빠에게 거푸, 운전은 거의 미친 사람들이나 하는 것이라고 생각해라, 하는 가르침을 받으며 자랐다.

그리고 절망이 찾아왔다.

"나 왔어."

평화롭고 아름다운 저녁인데.

"오늘은 바빠. 그냥 돌아가면 안 될까?"

나는 저항을 시도한다.

"반년 치 강의 계획안을 제출해야 해."

그런 것은 한 번도 짜 본 적이 없어 안 그래도 어쩔 줄 모르고 있다.

"어른이 됐다는 건가."

절망은 그렇게 말했다. 나는 절망이 툭하면 왜 나타나는지 알고 있다.

절망의 도발에 동하지 않도록 조심해야 한다고 생각한다.

"그렇게 도사리면 안 되지."

절망이 말한다.

"그만해."

나는 말했다.

"아이 같은 기분 들게 하지 마."

물론 절망은 내 말에 귀 기울이지 않는다.

"괜히 무리할 거 없잖아. 간단한 일이야. 원하기를 포기하면 돼. 외톨이였잖아. 지금도 그렇다고 인정하면 그만이라고."

하지만 나는 이제 외톨이이고 싶지 않다.

"강의? 웃기고 있네."

절망은, 뒤통수를 후려치듯 말한다.

"본업은 지금도 스파이잖아? 너는 세계 바깥에 있다고. 안으로는 영원히 들어갈 수 없어."

알고 있다고 나는 생각한다. 그렇다는 것을 너무도 잘 알고 있다고.

절망은 만족했는지, 소리 없이 어딘가로 물러갔다.

깊은 밤, 그림을 그리던 손길을 멈추고, 조그맣게 소리 내어 노래를 흥얼거린다. 좋지 않은 조짐이다. 나는 〈SCARLET RIBBONS〉를 흥얼거리고 〈DON'T CRY FOR ME ARGENTINA〉를 흥얼거리고, 학교에서 배운 〈일곱 송이 수선화〉를 흥얼거린다. 깊은 밤에 흥얼거리는 노래는 불안하게 울린다.

초등학교에 다닐 때, 나는 콧노래를 흥얼거린다고 늘 혼났다. 아빠는 콧노래를 싫어했다. 버릇없어 보이고, 산만해진다고. 그래서 나는 몰래 콧노래를 불렀다. 한없이 불렀다. 부를 노래가 없어지면, 생각나는 대로 노래를 만들어서 불렀다. 지금에야 나는 그 행위가, 끝없는 시간을 그럭저럭 보내는 나의 수단이었다는 것을 깨닫는다.

애인과 헤어져야 하는지도 모르겠다.

깊은 밤의 아틀리에에서, 나는 또 그런 생각을 한다. 애인이 나쁘다. 그 사람은 너무 관대하다. 그래서 내가 버릇이 없어진 것이다. 그만 믿고 말았다. 그렇게 조심했는데.

애인과 헤어지기만 하면, 나는 다시 일개 여자 스파이로 돌아갈 수 있으리라.

47

대학원생은 카메라를 들고 왔다.

그리고 송이가 큰 백합보다, 작고 색이 짙은 백합이 좋다고 했다.

동생은 조그만 배낭에 과자를 잔뜩 담아 왔다. 동생과 대학원 생은 잘 어울리는 한 쌍으로 보였다.

조반선은 좌석이 마주 보게 되어 있는, 고전적이지만 서글픈 전철이었다. 하늘에는 구름이 꼈고 습도는 높아도, 그런대로 시원했다. 우리 넷은 전철 속에서 저마다 다른 인간이었다. 말도 별로 하지 않는 우스꽝스러운 분위기로, 그러나 넷이 딱 붙어 앉아 있었다.

나는 가끔, 옆에 앉아 있는 애인의 허벅지를 만졌다. 그것은 따스하고 촘촘한 감촉이었다. 그리고 그때마다 나는 묘한 기분이 들었다. 우리가 애인 사이가 아니라 오누이거나 친척 같은 기분이었다.

"우리, 세포가 같은지도 모르겠어."

나는 애인에게 그렇게 말했다.

우리는 우시쿠역에서 내려 다시 버스를 타고 이곳에 왔다. 비가 내릴 것 같으면서도 내리지 않는, 모호한 하늘 아래로.

백합은 향이 강한 꽃이다. 나와 애인은 손을 마주 잡고, 화살표를 따라 원내의 오솔길을 걸었다. 대학원생은 군데군데에서 걸음을 멈추고 엉거주춤한 자세로 사진을 찍고, 동생은 식물에 대한 설명이 쓰인 입간판을 일일이 읽었다.

언젠가 내가 없어져도, 하고 나는 생각했다. 언젠가 내가 없어져도, 동생은 무사하리라. 동생 옆에는, 아마도 대학원생이 있어주리라. 아니면 다른 남자가. 어떤 남자든 상관없다. 가령 형편없는 남자라도. 대체 좋아하는 남자가 아닌 누가, 우리를 살게 해줄 것인가.

우리는 메밀국숫집에서 점심을 먹었다. 그리고 함께 맥주를 두 병 마셨다. 가게 안은 좀 어둡고 조용했다. 나의 애인은 대학원생과 벌레 먹는 식물에 대해 얘기하고 있다.

"엄마는 꽃을 좋아했지."

동생이 말했다.

"마당에도 집 안에도 온통 식물이었잖아."

나는 그래, 그랬지, 하고만 말했다. 달리 무슨 말을 해야 좋을지 몰랐다. 우리의 엄마는 오래전에 죽었는데, 새삼스럽게 그녀에 대해 무슨 말을 할 수 있을까.

짐승.

나는 짐승에 대해 생각하고 있다. 어둡고 조용한 국숫집 방에서.

우리는 모두 짐승이다. 한 마리 한 마리가 서로 다르고, 고독한. 그런데 대체 뭐라고, 사회라는 환상을 만들어 냈을까.

애인과 대학원생은 아직도 벌레 먹는 식물에 대해 얘기하고 있다.

아파트로 돌아오자마자 우리는 침실로 갔다. 왜였는지, 둘 다 그러고 싶어 했다. 그것은 욕망이기보다 휴식을 찾는 행위였다. 우리는 서로를 어루만지듯, 어떤 피로도 불행도 상대방에게 머물지 못하도록 보호하듯, 몸을 나누었다.

나는 어떤 고통도, 어떤 걱정도 나의 애인에게 손가락 하나 대지 않기를 바란다.

그러고서 애인은 부엌에 가서 진 토닉을 만들어 왔다. 비 냄새가 난다. 불을 켜지 않아 방 안이 캄캄하다. 우리는 알몸으로 진 토닉을 마셨다.

"완벽하게 충족된 다음에, 뭐가 기다리는지 알아?"

내가 물었다. 애인은 잠시 생각하고는,

"글쎄, 뭘까."

하고 말한 다음 내 머리칼에 입맞춤한다.

"죽음."

나는 자신 있게 단언했다. 그리고 늘 그러듯 애인이 미소를 띠고 사실을 어영부영 얼버무리기 전에, 서둘러

"헤어져야 할 때인 것 같아."

하고 말했다.

오늘 밤, 나는 죽으리라. 보나 마나.

멍하니, 그런 생각을 했다. 진 토닉에는 라임과 얼음이 들어 있고, 유리잔에는 물방울이 맺혀 있었다.

"그러고 싶어?"

애인의 목소리는 부드러웠다.

다음 순간, 나는 유리잔에 든 진 토닉을 애인의 몸에 끼얹었었다. 그러고 싶어? 그러고 싶어? 그러고 싶어? 말이 모든 의미를 잃고, 그저 몇 번이나 되살아나 주위를 맴돌았다.

한 번, 크게 흑흑거렸다. 그 소리를 듣고서도, 나는 그것이 내가 낸 소리라고는 생각지 않았다. 누군가 다른 사람의 오열이라고 생각했다.

애인은 나를 껴안으려 했다. 나는 몸부림쳤다. 나는 울면서 발악했다.

마침내 술에 젖은 애인의 몸이 ─ 젖어서도 여전히 따뜻하고, 살아 있는 애인의 몸이 ─ 나를 넘어뜨렸다.

나는, 죽어 버리고 싶다고 생각했다.

48

깊은 밤, 애인이 돌아가고 난 방 안에서, 나는 죽음을 기다린다.

애인은 얼마 전까지 여기에 있었고, 나를 사랑해 주었고, 못 견딜 정도로 당신이 소중하다고 말했다.

"알아."

나는 대답했다. 나도 애인을 사랑하고, 애인이 못 견딜 정도로 소중하다.

진 토닉 때문에, 셔츠가 젖고 말았다.

"잘 자."

애인은 그렇게 말하고, 내 눈두덩에 키스하고, 그리고 나갔다. 그것은, 절망이 하는 방식이었다. 나는 비로소, 애인이 절망을 닮았다는 것을 깨달았다.

밖에서는 비가 내리고 있다.

나는 움직일 수 없다.

거의 절반은 죽은 것이리라. 멍하게 그런 생각을 했다.

알고 있었다, 하고 마음속으로 생각한다. 내가 헤어지고 싶다고 하면 애인이 동의하리란 것을, 나는 오래전부터 알고 있었다. 그 사람은 늘 옳으니까. 침대에 누운 채, 나는 맥없이 웃는다. 알고 있다. 우리는 짐승답게, 반듯하게 살아야 한다. 또는 짐승답게, 반듯하게 죽어야.

애인은 혼란에 빠지거나 이성을 잃지는 않으리라. 어쩔 수 없다고 생각하리라. 짐승의 죽음은 그런 것이다.

나는 조금도 후회가 없다. 꺼림칙함도. 이것은 자살이 아니고, 말 그대로 자연사이다.

나는 지쳤고, 자고 싶다. 그리고, 모든 것을 끝내고 싶다.

젖은 시트 위에 누운 자신의 몸을, 나는 마치 아홉 살짜리 아이의 그것인 것처럼 느낀다. 그리고 아홉 살짜리 몸의 무게를 감당하지 못해 어쩔 줄 모른다.

얕은 잠이 밀려와 꾸벅꾸벅 졸다가 눈뜨기를 몇 번이나 계속했다. 그때마다, 어젯밤 애인과 나눈 얘기가 꿈인가 싶다가도 현실이란 걸 알고, 알고는 망연자실해서 베개에 쓰러졌다. 푸슥, 하고 베개에서 나는 소리가 너무도 현실적이어서, 어처구니없게도 실망한다.

날이 밝았는데, 나는 아직 살아 있다.

실망했지만, 살 수 있을 것 같은 기분은 아니었다. 여기서 이대로 가만히 있으면, 마침내 힘이 다해 죽으리라. 아주 자연스럽게. 주어진 시간을 다 산 개나 고양이처럼. 나는 침대에 누운 채, 점차 밝아 오는 방을 보고 있었다.

해가 다 떠올랐을 무렵, 애인이 찾아왔다. 현관 벨이 울리고, 노크 소리와 내 이름을 부르는 애인의 목소리가 들렸지만, 나는 꼼짝하지 않았다. 그러다 갑자기 조용해지더니, 몇 분 후에 전화 벨이 울렸다. 잠시 울리는 대로 내버려 두다가, 애인에게 걱정을 끼치는 것은 유치한 짓 같아 수화기를 들었다.

"난, 괜찮아."

애인이 말을 꺼내기 전에, 그렇게 말했다.

"잘 있으니까, 걱정하지 마."

그런데도 애인이 말을 꺼내기까지 틈이 있었다. 그리고 한숨 소리가 들렸다.

"다행이군."

애인은 그저 한마디, 그렇게 말했다.

"오늘 밤, 같이 식사할 수 있을까?"

상냥한 목소리로 묻는다. 나는,

"아니."

하고 대답했다.

"이제, 다시는 만나고 싶지 않아."

나는 침착했다. 감정을 말로 전한 게 아니라, 언어가 감정을 만들어 내는 것 같았다.

"진심이야?"

애인이 물었다.

"물론."

목소리에 미소가 묻어 있어, 나 스스로도 놀란다. 애인은 잠시 말이 없었다.

"괜찮아."

미소를 머금은 채 나는 몰아붙이듯 말했다. 뭐가 괜찮은지 알 수 없었다. 애인도 모르는 것 같았다. 애인은 굳은 목소리로,

"뭐가?"

하고 물었다. 그리고 내가 대답하기를 기다리지 않고,

"못 믿겠어."

라고 말했다.

"당신이 진심으로 그런 말을 하다니, 믿을 수가 없어."

상처받은 목소리였다.

"상처받지 마."

나는 그렇게 말했지만, 이상한 말이었는지도 모르겠다.

"이제 끊어야겠네."

내가 말했다.

"찾아와도 문 열어 주지 않을 거야. 하지만 여기 있는 한 전화는 받을 거니까, 괜찮으면 다시 걸고."

살아 있는 동안은 목소리 들려줘.

전화를 끊은 후, 내가 느낀 것은 안도감뿐이었다.

49

어렸을 때, 나는 한 자리에서 빙빙 도는 놀이를 좋아했다. 나는 혼자, 집 앞 골목길에서 그 놀이를 했다. 두 팔을 옆으로 좍 벌리고, 최대한 빨리 뱅글뱅글 돌았다. 더 빨리, 더 더 빨리. 사방의 경치가 흐르고 흘러 가로줄 무늬가 되면서, 금방 몸의 중심을 잃었다. 뻗은 두 팔은 뻣뻣하고, 제멋대로 오르내리고, 내리려 해도 내릴 수 없었다. 그리고 한 자리에서 돌았다고 생각했는데 알지도 못하는 새 엉뚱한 곳으로 이동해 있었다. 그러다 벽이나 전신주에 부딪힌 일도 몇 번이나 있었다. 아아, 부딪히겠다, 부딪히겠어, 다가간다, 다가간다, 하고 먼 의식으로는 알고 있는데, 멈출수가 없었다. 부딪히거나 넘어진 후에는, 눈을 뜰 수가 없고 감고 있어도 주위가 빙빙 도는 것 같았다. 하늘과 땅까지 꿈틀거리고, 웅크리고 꼼짝하지 않을 수도 없어 땅에 매달리듯 엎드렸다. 간신히 눈을 뜨면, 풍경이 실제로 빙글빙글 돌았다. 땅이 격렬하게 꿈틀거려, 조금만 힘을 빼도 굴렀다.

세계가 움직임을 멈추면, 이번에는 속이 울렁거렸다. 현기증과 구토, 때로는 머리까지 아팠다. 나는 웅크리고, 눈을 꼭 감고 그때를 지나 보낸다.

마침내, 거짓말이었던 것처럼 낫는다. 나는 일어나, 벽과 전신주가 견고하게 변함없이 거기에 있는 것을 손바닥으로 두드려 확인했다. 골목길은 조용했다. 나는 만족하고, 천천히 길 한가운데로 돌아가 두 팔을 좍 벌리고 또다시 빙빙 돌았다.

나는 몇 번이나 그 놀이를 했다. 자신의 몸을 제어할 수 없어지는 순간과 실제로 꿈틀거리는 세계를 몸으로 느끼기 전에는, 그 후의 불쾌함 따위는 아무것도 아니었다. 지금은, 거의 중독이었다고 생각한다.

나는 차멀미를 잘 하는 아이였다. 가족끼리 외출할 때나, 버스를 타고 가는 소풍이 정말 고통스러웠다. 매트 위에서 구르기를 하는 것조차 싫었다. 그런데 대체 왜 그런 놀이를 했을까. 정말 알 수 없다.

제멋대로 돌아가는 세계에 아무도 손댈 수 없고, 내 몸마저 내가 제어할 수 없는 강렬한 감각이 재미있었다는 것만 기억할 뿐이다.

50

벌써 사흘째, 나는 침대 속에서 죽음을 기다리고 있다. 하루에 한 번 샤워를 한다. 그 외에는 아무것도 하지 않는다. 배는 고프지 않지만 목이 말라서, 때로 허브차를 끓여 마신다. 배고픔을 느끼지 못하는 것은 그 때문인지도 모르겠다. 걸을 때는 다리가 휘청거리지만, 정신은 오히려 맑고 기분도 좋다.

첫날은 애인 생각만 하며 지냈다. 하지만, 이틀째부터는 전혀 생각하지 않았다. 일도, 동생도, 몇 되지 않는 친구 생각도 하지 않았다.

그들 모두가, 기억에 지나지 않는다. 나는 홀가분하고, 뭐 하나 번거로운 것이 없다.

샤워를 할 때 거울을 본다. 나는 딱히 살이 빠지지도 약해진 것 같지도 않았다. 다만 눈가가 퀭하게 패어 있다. 불현듯, 눈앞에 있는 육체의 형상이 기묘하게 느껴진다. 본 적 없는 무엇처럼.

그날 이후, 애인에게서는 아무 연락이 없다. 나는 어쩌면 화가 났는지도 모른다.

동생에게서는 한 번 전화가 왔다.

"잘 있어?"

동생이 물어서, 나는 잘 있다고 대답했다. 동생은 공산당 얘기를 했다. 공산당이 정권을 잡아도, 과거 소비에트 연방처럼 되지는 않을 것이라고 말했다. 대학원생과 그런 얘기를 하는 모양이다.

"나마리라고 알아?"

동생이 물었다.

"나마리? 주석 아니니, 주석 병정의."

그 나마리 말고, 하고 동생은 말했다. 물고기의 일종이라고 한다. 청갈색, 마른 생선의 몸을 말하는 것이라고 한다(나마리라는 일본말에는 '주석'이라는 뜻과 '가다랑어포'. '사투리'라는 세 가지 뜻이 있다_역주)

"그가 그걸 좋아해."

동생이 말한다. 대학원생은 그 미라처럼 마른 물고기의 청갈색 몸을 간장과 마요네즈에 찍어 먹는다고 한다.

"맛없을 것 같은데."

"얼마나 맛있는데."

하고 동생은 말한다.

"엄마는 요리 솜씨가 좋았는데, 우리에게 나마리는 먹여 주지 않았어. 그지?"

동생의 목소리에서 희미하게 분개의 울림이 느껴졌다. 나는 웃었다.

"좋았겠네. 그런 걸 먹을 수 있어서."

좋아하는 남자를 만나서. 공산당에 관한 지식도 얻고.

"연상의 여자라고, 신경 쓸 필요 없어."

나는 말했다.

"그런 거, 다 하찮은 거야."

잠시 후, 동생이, 그렇지, 하고 인정했다. 그리고,

"다음에 언니도 맛보여 줄게."

하고 벌써부터 신난다는 듯이 말했다.

"정말 맛있어."

닷새째 새벽, 상태가 나빠졌다. 나는 화장실에 가기도 힘들었다. 간신히 더듬어 가면 숨이 차서 세면대를 붙들고 있어야 했다.

침대로 돌아오자 더 이상 움직일 수 없었다. 하지만 중년 여자 같은 기분도, 노인 같은 기분도 들지 않았다. 있는 것은 피로뿐, 나는 오로지 자고 싶었다.

51

비가 내리고 있다.

옛날에 나는 비를 좋아했다. 비 오는 날이면 종이접기를 했다. 종이 냄새가 가득 배도록 방 안에서.

옆에서 엄마가 모양을 설명해 주었다.

"이건 학, 이건 잎사귀, 이건 새끼 사슴."

내 배내옷에는 잎사귀 무늬가 있었다고 한다.

"이건 새, 이건 거북, 이건 당초무늬, 이건 물결무늬."

빨강 초록 알록달록한 색종이의 가슬가슬한 감촉을 좋아했다.

지붕과 창문을 때리는 빗소리, 젖은 도로 위를 달리는 차 소리. 엄마의 콧노래 소리.

병원. 튜브를 통해 내 팔로 흘러드는 투명한 액체. 불친절한 의사. 비가 내리고 있다.

기억나는 것은, 애인의 얼굴뿐이었다. 끔찍한 얼굴이었다. 나는, 이 사람의 이런 끔찍한 표정은 처음 본다고 생각했다. 애인은 제정신이 아니었다.

병원을 싫어한다. 그래서 나는 애인에게 그렇게 말했다. 애인은,

"금방 돌아올 수 있을 거야."

하고 대답한다. 그 말이 옳았다.

나는 이틀 만에 집에 돌아왔다. 하지만 어찌된 일인지, 집 안이 낯설어 보였다. 누군지 모를 다른 사람이 생활했던 장소처럼.

나는 애인에게, 자살하려고 한 것은 아니라고 설명하려 했다. 자연스럽게 죽을 것이란 것을, 그냥 알고 있었을 뿐이라고.

"알아."

애인은 그렇게 말하고 내 머리칼에 입맞춤했다.

"아니까, 걱정 안 해도 돼."

라고.

병원에서 돌아온 날, 애인은 나를 태국 음식점에 데려갔다. 나는 식욕은 없었지만, 가늘게 썬 딱딱한 파파야 샐러드와 새콤한

맛이 나는 코코넛 수프를 조금씩 먹었다. 양쪽 다, 현실 같지 않을 만큼 맛있었다.

애인은 내가 먹는 모습을 물끄러미 쳐다만 보았다.

"나마리라는 물고기 알아, 당신?"

나는 애인에게 물었다. 애인은 미소 짓고는,

"가다랑어잖아."

하고 대답했다.

"가다랑어의 일종?"

"아니, 가다랑어포의 일종."

나는 놀랐다. 나의 애인은 무엇이든 알고 있다.

"괜찮아?"

식사를 하는 동안, 애인은 내게 몇 번이나 그렇게 물었다.

"괜찮아? 몸은 괜찮아?"

하고. 나는 그때마다, 괜찮아, 하고 대답했다. 정말 괜찮다. 다만 나는, 애인이 아직 상황을 이해하지 못하는 것 같아, 다시 한 번 설명하려 했다.

"잘 들어. 나는 죽으려고 했던 게 아니야. 그냥 죽어가고 있지. 병원에 가도, 당신을 만나도, 이렇게 식사를 해도, 그건 변함없어. 나는 그때를 기다리고 있고, 그건 슬픈 일이 아니야. 그러니까 슬퍼하지 말고, 믿어.”

애인은 나를 똑바로 쳐다보면서,

“믿을게.”

하고 말했다.

“만약 그렇게 되면, 슬퍼하지 않을게. 약속할게.”

애인의 눈빛에 거짓이나 망설임은 없었다.

“다행이다.”

나는 그렇게 대답하고는, 마음속으로 사랑의 말을 중얼거렸다.

“우리는 같이 그걸 기다리는 거야.”

애인이 말했다.

“아마 1초의 오차도 없을걸. 다른 장소에 있어도, 당신에게 그것이 오면, 내게도 올 거야.”

나는 어이가 없어 고개를 저었다.

“믿어?”

“안 믿어.”

바로 대답했지만, 늦었다. 나는 이미 믿고 있었다.

“당신, 꽤나 절망한 모양이네.”

사랑을 담아, 나는 말했다.

“그래.”

애인의 부드러운 목소리에도 사랑이 가득 담겨 있었다.

"도망 안 가?"

"혼자서? 어디로?"

애인은 병원에서 돌아온 나와 함께 맥주가 아니라 시원한 재스민차를 마시면서 되물었다. 나는 다시 이곳으로 돌아오고 말았다. 내가 있는 장소로. 있어도 좋다고 말해 주는 장소로.

여름휴가는 카프리로 가자고, 나와 애인은 계획을 짜고 있다.

절망은 죽음에 이르는 병이라고 합니다.

그렇다면 절망은 과연 무엇일까요. 무엇이기에 사람을 죽음의 심연으로 빠트리는 것일까요.

에쿠니 가오리의 새 소설 『웨하스 의자』에서 절망은 곧 사랑입니다.

사랑이 절망이기에 사랑을 하는 사람은 죽음에 이릅니다.

그렇다면 사랑이 왜 절망이어야 하는지, 의문이 생기겠지요.

사랑은 흔히 희망이고 새로운 질서의 창조이고, 내일에 대한 약속인데 왜 절망이어야 하는지.

『웨하스 의자』에서 사랑하는 두 남녀는 실은 사랑이 허용되지 않는 사이입니다.

여자는 중년의 독신이고 남자는 이미 결혼해서 딸까지 있는 유부남이기 때문이죠.

하지만 자신의 전 존재를 바쳐 애인을 사랑하는 여자에게 이미 그런 세상의 가치는 문제가 되지 않습니다.

홍차 잔에 곁들여진 각설탕이 홍차 없이는 의미를 갖지 못하듯, 애인 없는 자신의 삶은 무의미하기에 절망한 여자. 자신을 위해 그림을 그리지만 애인이 없는 상태의 자신은 이미 자기 자신이 아니기에, 결국은 애인을 위해 그림을 그리게 되는 여자. 이런 여자에게 사랑은 곧 절망이 아닐 수 없습니다.

마치 어린애가 부모의 보호와 가정이란 울타리에 갇혀서야 존재를 지탱할 수 있듯이, 그녀는 애인의 사랑이란 울타리에 갇혀서야 존재를 유지할 수 있으니까요. 한없이 어른이기를 소망하지만, 애인의 품에 안기지 않으면 숨도 쉴 수 없기에 그녀란 존재는 외적으로는 어른이어도 한없이 어린애에 머물러 있을 수밖에 없습니다.

그런 그녀가 어른이기를 주장하고, 절망을 벗어던지려 할 때 그녀를 기다리고 있는 것은 애인과의 헤어짐이고, 이 헤어짐은 곧 그녀의 죽음을 의미합니다.

그리고 이 죽음이야말로, 갇힌 상태에서의 사랑이 아니라 열린 상태 즉, 자립한 어른으로서의 사랑으로 전환을 꾀하는 통과의식입니다.

죽음의 상태에서 깨어난 그녀를 바라보는 애인의 따스한 눈길과 새로운 여행을 계획하는 두 사람 앞에 펼쳐질 사랑을 불륜이란 치졸한 언어로 가늠할 수 없는 이유가 바로 여기에 있지 않을까요.

2004년의 죽음을 뜻하는 마지막 달에

김난주

흐르는 세월을 인식하게 되는 여러 가지 요소가 있는데. 언어도 그 가운데 하나이겠지요. 20여 년 전에 주인 없이 떠도는 고양이는 '도둑고양이'라 불렸는데, 고양이가 반려동물의 대세로 자리 잡은 지금은 아무도 그렇게 부르지 않죠. '길고양이', 또는 동네 사람들과 함께 사는 '동네고양이'라고 한다는군요.

17년 전에 처음 소개한 〈웨하스 의자〉를 이번에 새롭게 읽고 손질하면서, 작품 자체의 본질은 변하지 않아도, 언어와 표현은 시대를 따라 달라질 수 있고, 해석 역시 시간차만큼이나 달라질 수 있다는 것을 실감했습니다.

〈웨하스 의자〉는 여전히 전 존재를 바쳐 누군가를 사랑하는,

그 사랑 없이는 죽음이기에 절망이 따르는 절대적인 사랑 이야기입니다. 하지만 그런 사랑을 관철한다 함은 '웨하스'라는 무르디무른 과자의 이미지처럼 허망함이나 가련함이 아니라 오히려 절망마저 품고 자기를 긍정하는 강함이 있어야 가능하다는 것을 알았습니다. 끊임없이 고정관념을 강요하는 사회의 시선도 넘어서서 말이에요.

오래 전의 자신을 돌아보는 것은 괴롭고 참 피하고 싶은 일입니다.

그러나 그사이에 흐른 세월 덕분에 과감하게, 겸손하게 마주하는 힘 또한 길러졌으니 나이를 먹는 것도 싫지 않습니다. 〈웨하스 의자〉라는 작품을 손질할 수 있는 마지막 기회이기도 해서, 새로운 해석과 함께 꼼꼼하게 정성 들여 다듬어 보았습니다.

2021년 코로나 시대의 간힘 속에서

김난주